DOCUMENT 1

Du même auteur :

Iphigénie en Haute-Ville, roman, L'instant même, 2006 (rééd. poche 2009).
Nous autres ça compte pas, roman, L'instant même, 2007.
Le Vengeur masqué contre les hommes-perchaudes de la Lune, roman, Hurtubise HMH, 2008.
Vie d'Anne-Sophie Bonenfant, roman, L'instant même, 2009.
La nuit des morts-vivants, roman, L'instant même, 2011.
Document 1, roman, L'instant même, 2012 (Prix littéraire Ville de Québec – Salon international du livre de Québec).
La classe de madame Valérie, roman, L'instant même, 2013.
Sam, roman, L'instant même, 2014.
Cataonie, nouvelles, L'instant même, 2015.

FRANÇOIS BLAIS

Document 1

roman

L'instant même

Couverture : Pascal Blanchet

Photocomposition : CompoMagny enr.

Distribution pour le Québec : Diffusion Dimedia
539, boulevard Lebeau
Montréal (Québec) H4N 1S2

Distribution pour la France : Distribution du Nouveau Monde

© Les éditions de L'instant même, 2013

L'instant même
865, avenue Moncton
Québec (Québec) G1S 2Y4
info@instantmeme.com
www.instantmeme.com

Dépôt légal – Bibliothèque et Archives nationales du Québec, 2013

**Catalogage avant publication de Bibliothèque et Archives nationales du Québec
et Bibliothèque et Archives Canada**

Blais, François, 1973-

    Document 1

    Édition originale : 2012

    ISBN 978-2-89502-343-2

    I. Titre. II. Titre : Document un.

PS8603.L328D62 2013   C843'.6   C2013-941876-8
PS9603.L328D62 2013

L'instant même remercie le Conseil des Arts du Canada, le gouvernement du Canada
(Fonds du livre du Canada), le gouvernement du Québec (Programme de crédit
d'impôt pour l'édition de livres – Gestion SODEC) et la Société de développement
des entreprises culturelles du Québec.

La simple expérience lui avait appris qu'une chose vaut mieux encore que de mener une vie droite, c'est de ne point vivre.

Thomas HARDY, *Tess d'Urberville.*

Le rire vient toujours d'un malentendu. Si l'on regarde comme on doit le faire, il n'y a rien de comique sous le soleil.

Thomas HARDY, *Jude l'obscur.*

Première partie

par Tess

Prologue (les adjectifs qualificatifs)

CE N'EST PAS pour faire mon intéressante, mais je pense que Jude et moi on est malheureux. L'envie de partir est certainement le symptôme le plus commun du malheur. C'est épais, du monde malheureux, ça pense que ça existe pour vrai, changer le mal de place, ça s'imagine toujours que le bonheur est ailleurs, ça veut prendre des nouveaux départs, remettre le compteur à zéro, partir pour mieux se retrouver et toutes ces niaiseries-là. («On vivra comme des rentiers et on aura des lapins. Continue, George. Dis-moi ce qu'on aura dans le jardin, et les lapins dans les cages, et la pluie en hiver, et le poêle, et la crème sur le lait qui sera si épaisse qu'on pourra à peine la couper. Raconte-moi tout ça, George.») OK, on ne peut pas vraiment parler de nouveau départ dans notre cas puisque tout ce qu'on veut c'est aller passer un mois à Bird-in-Hand, mais ça nous suffit vu qu'on est juste un petit peu malheureux. Tout ce qu'on est, on l'est juste un petit peu. Quand j'ai dit ça à Jude («Je pense bien qu'on est malheureux, mon gars!»), il m'a carrément ri au visage et m'a traitée de gothique. J'ai répliqué: «Tu crois qu'on est heureux, alors?

– Mon Dieu, non! Où est-ce que t'es allée pêcher une idée pareille?» Et c'est là qu'il m'a exposé, en long et en large, sa théorie comme quoi les adjectifs qualificatifs n'auraient été créés que pour désigner une poignée de personnes, les cas extrêmes. On les emploie par commodité, ou par paresse, mais si on se donne la peine d'y réfléchir on se rend vite compte que la grande majorité des gens à qui on les applique ne les méritent pas. On passe notre temps à dire : « Untel est un type brillant » ou, plus souvent : « Untel est un imbécile », mais en réalité on ne rencontre presque jamais de types brillants dans la nature. D'imbéciles non plus. Il existe bien des idiots universels, comme on dit qu'il y a des génies universels, des Léonard de Vinci à rebours, des virtuoses de la bêtise, mais ils sont à peu près aussi rares que les aveugles de naissance ou les nains. L'immense majorité des personnes qu'on croise dans une journée n'auront jamais une pensée en propre de leur existence, tout en étant parfaitement capables de résoudre le sudoku de *La Presse*. De la même manière, les gens en général ne sont ni moches ni beaux. Ils sont quelconques et on ne parvient à les trouver excitants qu'avec de l'alcool ou du romantisme, ou un mélange des deux. (Ça c'est Jude qui le dit. Moi, même ronde comme une barrique, je ne passe jamais proche de trouver qui que ce soit excitant.) Il admet tout de même que les choses ne sont pas parfaitement symétriques, qu'on trouve toujours un plus grand nombre d'individus à l'extrémité négative du spectre : plus d'idiots que de grands esprits, plus de laiderons que de pétards et, bien sûr, plus de malheureux que d'heureux. Mais, selon lui, cela ne nous concerne pas personnellement, on a des croûtes à manger si on veut un jour prétendre au malheur. Voilà qui me rassure.

1. Un peu d'histoire (j'amène mon sujet)

Vers la fin du IIIe siècle, alors que l'empereur romain Maximien séjournait à Octodurum (aujourd'hui Martigny, en Suisse) et s'y ennuyait un peu, il décida de se distraire en persécutant les chrétiens du cru. Sa garde personnelle ne suffisant pas à la tâche, il appela en renfort une légion de Thébains. Les officiers commandant celle-ci, apprenant la nature de leur mission, refusèrent d'obéir aux ordres dè l'empereur et s'arrêtèrent dans les défilés d'Agaune. Maximien ordonna alors la décimation par le glaive de la légion. Les survivants refusant toujours d'obtempérer, l'empereur fit exécuter une deuxième décimation. Après que la légion eut envoyé une délégation à Maximien pour lui signifier sa résolution de ne point renier les serments prêtés à Dieu, peu importe le nombre de décimations, l'empereur ordonna qu'on la massacre.

Les courageux officiers qui avaient préféré mourir avec leurs hommes plutôt que d'attenter à la vie de leurs frères chrétiens se nommaient Maurice, Candide et Exupère. J'ignore si les deux derniers furent canonisés, ne connaissant aucun lieu appelé Saint-Candide ou Saint-Exupère (quand tu t'appelles Candide ou Exupère, tu ne t'attends pas, de toute façon, à ce qu'on baptise beaucoup de choses en ton honneur), mais ce qui est certain c'est que Maurice, lui, fit son entrée dans le calendrier liturgique et donne aujourd'hui son nom à une flopée de villages, communes, départements et lieux-dits un peu partout en Occident. Mais qui a eu l'idée de nommer notre belle région administrative en l'honneur d'un général thébain du IIIe siècle ? Personne : la rivière Saint-Maurice (et la Mauricie, par ricochet) ayant bêtement reçu son nom d'un certain Maurice Poulain de la Fontaine, venu défricher dans le coin vers le milieu du XVIIe siècle. (Ce qui signifie que je t'ai raconté l'histoire de saint Maurice un peu pour rien, mais je te fais confiance pour trouver le moyen de loger ça dans une prochaine conversation.) Un jour qu'il contemplait la rivière d'un air rêveur, après une rude journée de travail, monsieur Poulain de la Fontaine s'est dit : « Tiens, ce cours d'eau n'a point encore de nom… Si je lui refilais le mien ? C'est bien la seule combine que je puisse imaginer pour que la postérité s'occupe de ma personne. Et afin que cela ne passe pas pour un péché d'orgueil, je vais mettre un « Saint » devant. Car je suppose qu'il existe un saint du nom de Maurice. Quand on pense qu'il y a une sainte Mechtilde, une sainte Euphrasie, un saint Euloge et un saint Crispin, ça serait bien le restant des écus qu'il ne se soit pas trouvé, au cours des siècles, un ou deux Maurice à s'être fait découper en morceaux pour la gloire du Christ. » Ou peut-être que ça ne s'est pas passé comme ça, que monsieur Poulain de la Fontaine ne s'est pas dit ça du tout. Quoi qu'il en soit, Maurice donna son nom à la rivière, et la rivière donna son nom à la région (apocryphe, donc, l'anecdote selon laquelle monsieur de Laviolette, en accostant sur le site de la future ville de Trois-Rivières, se serait exclamé : « Diantre ! C'est mort ici ! »).

Ce n'est que deux siècles plus tard que le peuplement des terres débuta véritablement. En 1889, pendant que de l'autre côté de l'océan Jack l'Éventreur assassinait des prostituées dans Whitechapel, qu'on achevait d'ériger la tour Eiffel et que l'Allemagne venait de couronner son dernier empereur, monsieur John Foreman faisait construire une centrale hydraulique près du canton de Shawinigan, pour fournir l'électricité à son usine de pâte à papier. Manquant de capitaux, il fut contraint de s'associer avec trois messieurs de Boston, John Edward Aldred, John Joyce et H. H. Melville (celui de l'île Melville, oui !), les mêmes qui fonderont en 1897 la Shawinigan Water & Power Company. On ne sait pas exactement lequel des trois a eu l'idée de baptiser le village de Grand-Mère d'après le rocher formant un îlot au milieu de la rivière, mais ce qui est certain c'est que c'est la faute d'un Américain si on se retrouve aujourd'hui avec le deuxième toponyme le plus ridicule au Québec (salutations aux gens de Saint-Louis-du-Ha ! Ha !). Oui, vraiment, ces messieurs des États-Unis ont le chic pour les noms à coucher dehors. C'est une des choses qu'on a apprises en voyageant aux quatre coins de l'Amérique.

2. *Voyage à dos de souris (j'amène mon sujet un peu trop longtemps)*

Une façon amusante et instructive de découvrir l'Amérique consiste à parcourir le site Family Watch Dog (www.familywatchdog.us), un service permettant aux citoyens américains de savoir s'ils ont dans leur voisinage des personnes ayant déjà été condamnées pour des crimes sexuels. Sur la page d'accueil, on nous demande de taper le nom d'une ville. Allons-y au hasard pour Anchorage, Alaska. Une carte apparaît alors, constellée de petits carrés de couleur correspondant aux domiciles et aux lieux de travail des criminels. Les délits sont classés en quatre catégories : « offense against children » (dans ce cas, le domicile du délinquant est représenté par un carré rouge, et son lieu de travail, si cela s'applique, par un carré bourgogne) ; « rape » (« offender home » en jaune, « offender work » en blanc) ; « sexual battery » (tu sais ce que ça signifie ?) (« offender home » en bleu pâle, « offender work » en bleu foncé) ; et « other offense » (« offender home » en vert pâle, « offender work » en vert foncé). Dans les villes ayant une forte densité de population, la carte disparaît complètement sous les petits carrés de couleur, c'est très joli comme effet. Pour ce qui est d'Anchorage, on y compte sept cent vingt-cinq personnes ayant été condamnées pour des crimes sexuels, plus cinq cent neuf « non-mappable offenders », quoi que cela veuille dire. Cliquons sur un petit carré rouge (résidence d'un violeur d'enfants) près d'International Airport Road. On obtient la photo et la fiche signalétique d'un certain Douglas Dwayne Martin, domicilié au 4521, Cordova Street, app. 4, Anchorage, AK 99503, et employé d'Alaskan Distributor. Monsieur Martin (48 ans, 5'10", 160 livres, race blanche) a été condamné le 9 novembre 2000 sous le chef d'inculpation suivant : « Attempted Sexual Abuse of Minor 1 ». Si on zoome un peu, on constate qu'il y a un autre petit carré rouge superposé au sien : un autre pédophile habite son immeuble, ou celui juste à côté. Ou peut-être qu'ils sont colocs ?

On en fait un autre ? Prenons Dallas. C'est peut-être un préjugé de ma part, mais j'ai l'impression que la pêche va être bonne là-bas… Je ne me trompais pas : une véritable avalanche de petits carrés de couleur ! Surtout des rouges. C'est pas mêlant, on dirait que tout le monde à Dallas occupe ses loisirs en tripotant des bambins. (Et quand tu penses que le site ne fiche que ceux qui se sont fait prendre…) Ils sont toute une bande aux abords d'Harry Moss Park, une quinzaine de rouges et un bleu (« sexual battery ! »). Vingt-deux contrevenants dans un rayon d'un demi-mille, nous informe Family Watch Dog. Pas nécessairement le meilleur endroit pour élever ta petite famille. Un clic au hasard et voici qu'apparaît la photo d'un certain Richard Allen Haskell (7522, Holly Hill, app. 3, Dallas, TX 75231 ; 67 ans, 6'4", 219 livres) qui, à première vue, semble un vieillard tout à fait inoffensif. Voyons voir ce qu'on lui reproche : « Possession of child pornography ». Il s'agit sans doute d'un malentendu, il aura téléchargé ça par mégarde en voulant accéder à son service de messagerie. Les personnes âgées ont toujours des ennuis avec les ordinateurs.

Un dernier ? (Moi, je ferais ça pendant des heures.) Essayons un endroit paisible cette fois. Hmm… laisse-moi réfléchir. Ah ! Oui : Cheyenne, au Wyoming. Tout le monde est chaste et pur dans ce coin-là, j'en mettrais ma main au feu. Eh bien, non ! Ça parle au diable ! Il y a des pervers à Cheyenne ! On n'est en sécurité nulle part. Qui se cache derrière ce petit carré vert, au coin de Missile Drive et de Round Top Road ? Nul autre que Ron Ernest Schneider, un gros rougeaud moustachu, qui ne peut s'empêcher de sourire sur sa photo d'identification. Six pieds, 310 livres, une bonne pièce d'homme. On n'aurait pas voulu être à la place de sa victime, ce 12 décembre 2003, lorsqu'il lui fit subir un « 3rd degree sexual abuse ». Si on se fie à la date, ça pourrait s'être passé au party de Noël du bureau. Dans ces conditions, peut-on vraiment lui en tenir rigueur ? Qui n'a jamais commis un 3rd degree sexual abuse après avoir pris un verre de trop ?

Jude et moi, on ne s'en tenait pas au tourisme sexuel, on aimait bien, également, errer sans but à travers le monde – surtout à travers l'Amérique, en fait, cela pour des raisons qui seront expliquées plus loin – grâce à Google Earth, Google Maps et Bing Maps. On pouvait, par exemple, faire le tour de la Gaspésie en vingt minutes, planant au-dessus de la route 132, cliquant au passage sur les petites icônes signalant les images mises là par les contributeurs bénévoles. (Merci à JMRioux pour sa belle photo de la chute Querry, à Caplan ; à Simore, pour sa vue du quai de Bonaventure ; à Paul Langlois, pour nous avoir appris que Mont-Joli est la capitale mondiale des murs peints.) Après ça, de manière tout à fait arbitraire, on met le cap vers l'ouest. D'un geste (quelques centimètres vers la gauche sur le tapis de la souris), on parcourt des milliers de kilomètres pour aboutir près de Minneapolis. On zoome alors sur ce qui nous semble être le quartier cossu de la ville (on repère facilement les quartiers cossus sur la carte : ils sont situés près des espaces verts et loin des autoroutes), et on se paye une petite virée dans Kenwood Parkway, une belle grande avenue bordée d'arbres centenaires. La maison située au 886 est grosse comme une polyvalente ! On passe devant le Hubert H. Humphrey Metrodome, le domicile des Twins, on flâne sur les berges du lac Nokomis, on vadrouille un brin au centre-ville, puis on reprend notre envol vers le sud. On franchit les quatre cents kilomètres séparant la métropole du Minnesota de Des Moines, en Iowa. Tiens, allons mémérer ce qui s'y trame ! Rase-mottes au-dessus de Grand View College. Il ne s'y trame pas grand-chose, c'est tranquille-tranquille, mais on apprend au passage que les bornes-fontaines sont jaunes à Des Moines. Un renseignement crucial de plus à occuper de l'espace de stockage dans nos cerveaux. Il ne se trame pas grand-chose non plus sur Euclid Avenue, qui semble pourtant une des importantes artères commerciales de l'endroit. Beaucoup de voitures (des camions, surtout), mais pas de piétons : apparemment c'est mal vu de flâner à Des Moines. Allez, on s'arrache et on file vers l'ouest, direction le Nebraska. On survole Omaha sans s'arrêter (quelque chose nous dit qu'Omaha et Des Moines, c'est blanc bonnet bonnet blanc) et on longe l'Interstate 80 vers le Colorado, quand un nom accroche notre regard : Cozad. « C'est quoi ça, Cozad ? » demandons-nous à Wikipedia, qui nous répond dare-dare qu'il s'agit d'une ville du comté de Dawson comptant 4 163 habitants (selon le recensement de 2000), dont la principale particularité, sinon la seule, est d'être située pile-poil sur le centième méridien. Un immense panneau à l'entrée de la ville signale le fait. On double-clique sur un point au hasard dans Meridian Street, simplement par acquit de conscience, en se disant que les gens de Google Street View n'ont sûrement pas poussé le zèle jusqu'à photographier les rues de Cozad. Eh bien, crois-le ou non : ils y ont été ! Et de quoi ça a l'air, Cozad ? Bah ! Des bungalows, des commerces, des autos, d'autres bungalows, un aéroport municipal, quelques usines et encore d'autres bungalows. Si tu veux vraiment tout savoir, au moment où les photos ont été prises, les gens habitant au 60, Gatewood Drive s'apprêtaient à faire leur terrassement. Il y a un tracteur dans l'allée et un camion de Werner's Sprinklers garé devant la maison. C'est le potin le plus croustillant qu'on a pu glaner. On quitte le Nebraska et on reprend notre route en direction du sud-ouest, on saute par-dessus le Colorado, où aucun toponyme ne nous inspire, et on pénètre dans l'espace aérien de l'Arizona. Tout près de la frontière du Nouveau-Mexique, se trouve un patelin du nom de Fort Defiance. (Un peu plus de 4000 habitants, dont 92 % d'Indiens Navajo.) On tente d'obtenir une vue au ras du sol, mais ça ne veut rien savoir. En voilà donc un de ces rares endroits que les gens de Google Street View ont snobé, et quand tu penses qu'ils ont été à Cozad et à Saint-Georges-de-Champlain, c'est un peu blessant pour les gens de Fort Defiance. On ne saura jamais de quoi a l'air Water Tank Road. Tant pis. Et puis, de toute façon, on en a un peu soupé des trous boueux : allons donc faire un tour downtown Phoenix. Ça va faire du bien de revenir à la civilisation. Ouache ! C'est donc bien laid, Phoenix : on dirait Trois-Rivières-Ouest avec des palmiers !

Il en va des petites villes américaines comme des épisodes de *Virginie* : tu en as vu une, tu les as toutes vues. Pourtant on ne se tannait pas, on restait jusqu'à pas d'heure devant l'ordi à sillonner les rues d'Edmond ou à espionner le centre-ville d'Oklahoma City grâce à la webcam placée sur le toit de l'hôtel de ville, s'extasiant chaque fois qu'un badaud passait dans le cadre. Bien qu'on ne dédaignât pas les villes ordinaires, Rochester, Cap-Breton, Harrisburg, ces agglomérations fonctionnelles et sans charmes dont on ne connaissait l'existence que par les nouvelles du sport (« Les Nationals de Washington ont rappelé le voltigeur Manolo Perez de leur club-école de Harrisburg »), on avait une préférence marquée pour les endroits portant des noms idiots. Dès qu'on en voyait un qui nous inspirait (il faut voler bas pour ça, c'est un conseil, car ce sont surtout les petites localités qui portent des noms idiots, et si on survole la carte de trop haut, il n'y a que les noms des grandes agglomérations qui s'affichent), on s'y arrêtait et on prenait le temps d'en parcourir les artères principales. On allait ensuite demander à Wikipedia tout ce qu'il y avait à savoir sur l'endroit. La plupart du temps, cela se résumait à pas grand-chose (ainsi, Chocolate Bayou, au Texas, a le front de s'appeler comme ça sans se donner la peine de se justifier ; même chose pour Scissors et Ugly), mais quelquefois on avait droit à de jolies histoires.

Par exemple : nous sommes au début des années 1950, et l'émission radiophonique *Truth or Consequences* est l'une des plus populaires aux États-Unis. Certain jour, l'animateur, Ralph Edwards, annonça que l'émission serait diffusée depuis la première ville qui accepterait de changer son nom pour Truth or Consequences. La localité de Hot Springs, au Nouveau-Mexique (ainsi nommée en raison des nombreuses sources thermales qu'on trouvait aux alentours), releva le défi et s'appelle aujourd'hui Truth or Consequences. Comme ils l'avaient promis, monsieur Edwards et son équipe y déménagèrent leurs pénates. Cette histoire – qui fut racontée dans un film de 1997 – inspira sans doute les bonzes de Half.com, un site Web se présentant comme une vente de garage virtuelle. En 2000, ils réussirent à convaincre le conseil municipal de Halfway, petite ville de 345 habitants en Oregon, de changer, moyennant quelques colifichets (une vingtaine d'ordinateurs destinés à l'école primaire, un site Web gratuit, etc.), son nom pour Half. com. «We were talking about how to get the company on the map and we said : "Why don't we get on the map. Literally" », déclara le fondateur du site, Joshua Kopelman, fier de son coup.

Quand la ville de Climax (Minnesota) fut fondée, en 1896, on lui donna, sans arrière-pensée, le nom du principal employeur de l'endroit, une compagnie de tabac à chiquer. On ne pouvait pas prévoir que le mot « climax » deviendrait un jour synonyme d'« orgasme » dans le langage populaire. Le mal étant fait, la seule ressource des 243 habitants du lieu consistait à faire semblant de rien, ce qui n'allait pas toujours tout seul. Par exemple en cette journée de 2004, quand la directrice de l'école secondaire renvoya à la maison un élève qui contrevenait, selon elle, à la politique vestimentaire de l'établissement en portant un t-shirt affichant un message à connotation sexuelle. Elle ignorait que le message en question était tout simplement le nouveau slogan de la ville (« Climax, more than just a feeling ! »), retenu à la suite d'un concours populaire. Parmi les finalistes, on retrouvait des suggestions comme : « No end to Climax » et « Bring a friend to Climax ».

Il y a en Arizona une localité du nom de Why. Pourquoi ? Eh bien, à l'origine, la ville était désignée sous le nom de Y, car les routes 85 et 86 y convergent, formant un « y ». Cependant, une loi en Arizona stipule que les noms de villes doivent comporter un minimum de trois lettres ; on pria donc les édiles de s'y conformer sans délai. Après délibérations, ils optèrent pour Why qui, en anglais, se prononce de la même manière que la lettre « y ». Signalons pour mémoire que le tracé des routes 85 et 86 a été récemment modifié et que l'intersection forme aujourd'hui un « t ».

Au début du XIXe siècle, la plus grande partie de ce qui constitue l'État du Michigan était peuplée par des Indiens de la tribu Potawatomi. Vers la fin des années 1830, les premiers colons blancs commencèrent à s'y installer et, en 1840, ils étaient suffisamment nombreux pour justifier la construction d'une école, autour de laquelle une agglomération ne tarda pas à se former. Un certain George Reeves, propriétaire du magasin général et d'une distillerie, était considéré comme le fondateur de la ville, aussi est-ce à lui que les autorités s'adressèrent pour lui trouver un toponyme officiel. « You can name it Hell for all I care ! » leur fut-il répondu. Le 13 octobre 1841, la ville reçut officiellement le nom de Hell.

Chicken, en Alaska, n'était au départ qu'un campement de mineurs qui, pendant le premier siècle de son existence, n'eut aucun nom officiel sans s'en porter plus mal. Lorsqu'on y construisit un bureau de poste, en 1902, l'U.S. Postal Service fit savoir à la population (37 habitants répartis en six foyers, selon le dernier recensement) que leur patelin devait obligatoirement être baptisé pour que le courrier s'y rende. Comme on trouvait beaucoup de gélinottes (en anglais, ptarmigan) dans la région, on décida de nommer le lieu *Ptarmigan*. Toutefois, au moment de compléter la demande d'incorporation, on ne parvint pas à s'entendre sur l'orthographe du mot. En désespoir de cause, le maire (ou celui qui en tenait lieu) demanda si quelqu'un avait un autre nom d'oiseau à suggérer. « Chicken ! » fut la première suggestion qu'on entendit et, comme tout le monde avait hâte d'en avoir fini avec cette corvée et de rentrer à la maison, ce fut Chicken.

Dans la catégorie « Au fond, on aurait préféré l'ignorer », comment ne pas éprouver une légère déception en apprenant que la ville de Boring (Oregon) s'appelle ainsi simplement parce qu'elle fut fondée par un certain W.H. Boring ? Que You Bet (Californie) fut baptisée en l'honneur de l'expression favorite du type qui tenait le saloon à l'époque ? Qu'Uncertain (Texas) tire son nom du fait qu'à l'époque où le Texas constituait un État indépendant, les habitants de l'endroit furent pendant quelque temps incertains de leur citoyenneté, la frontière entre les États-Unis et la République du Texas étant sujette à litiges ? Ou que Ninety-Six (Caroline du Sud) fut baptisée de la sorte pour la simple raison qu'elle est située à quatre-vingt-seize milles de l'importante cité de Keowee ?

Celle-là, c'est la meilleure : quand, en 1869, les habitants d'une petite colonie du Texas décidèrent d'élever celle-ci au rang de municipalité, ils réclamèrent un bureau de poste aux autorités de l'U.S. Postal Service. Malheureusement, le nom qu'ils avaient choisi pour leur localité fut rejeté. (On ignore quel était le nom en question, pas plus que le motif du refus.) Les édiles de la future Nameless, légèrement piqués, se plièrent néanmoins à cette décision et soumirent un nouveau nom qui fut également rejeté. On le prit un peu raide, mais on ne se laissa point décourager. On brainstorma derechef et on soumit un troisième nom qui, pas plus que les deux premiers, n'eut l'heur de plaire aux fonctionnaires des postes. Ce manège ne se répéta pas moins de six fois. Après ce sixième refus, les braves colons, dans un mouvement d'humeur, retournèrent le formulaire avec l'inscription suivante : « Let the post office be nameless and be damned ! » On les prit au mot et, en 1880, la ville était enregistrée sous le nom de Nameless. Moi, ce que je voudrais savoir, c'est : quels étaient les six noms refusés ? On dit non à quoi quand on a dit oui à Coupon, Elephant, Unicorn, Comfort, Finger, Frog Jump, Defeated, Double Trouble, Good Intent, Loveladies, Perfection, Purchase, Burnt Chimney Corner, Duck, Elf, Hairtown, Lower Pig Pen, Upper Pig Pen, Meat Camp, Othello, Poor Town, Pope Crossing, Spies, Brilliant, Coolville, Dull, Liars Corner, Loveland, Pee Pee, America, Box, Cement, Chance, Frogville, Okay, Pink, Poop Creek, Remote, Sweet Home, Dynamite, Index, Triangle, Zaza, Domestic,

New Discovery, Zulu, Ginseng, Hell for Certain, Hippo, King Arthur's Court, Satan's Kingdom, Krypton, Lovely, Miracle, Normal et Ordinary ?

3. *La plus belle fille de Rouyn-Noranda*

Faire du tourisme en pantoufles convenait parfaitement à notre nature. Les fois où on se disait que ça serait cool de partir pour vrai, de sentir sur notre peau le vent de Pimplico, de magasiner au centre-ville de Happyland, de se faire des amis à Dirty Butter Creek, on savait tous les deux que ça n'était que du pétage de broue sans conséquence, et d'ailleurs on prenait soin d'ajouter : « quand ça nous adonnera » ou « quand on aura les moyens ». Aussi bien dire jamais. S'il nous arrivait de lancer, parler pour parler, quelque question dont la réponse se trouvait hors du champ de compétence (pourtant très vaste) de Google, genre : « Je me demande bien comment s'appelle la plus belle fille de Rouyn-Noranda », cela nous laissait rêveurs quelques instants, puis on finissait par se dire : « Bah ! Tant pis, on ne le saura jamais. » Un jour, je ne sais plus trop à quel sujet (on glandait dans le bout de Brazil, Illinois, je pense), j'ai dit : « Ouais, il faudrait bien y aller, hein ? » et j'ai été étonnée par la conviction dans ma propre voix. Jude aurait pu désamorcer en déconnant, comme chaque fois que je fais mine de passer proche de devenir un peu sérieuse, mais à la place il a répondu sur le même ton. Oui, il faudrait bien y aller. Nos regards se sont accrochés une fraction de seconde, puis on a parlé d'autre chose, mais on savait néanmoins qu'on venait de prendre une grave décision.

Ici le lecteur sera tenté de dire : « Arrête ton char, Ben Hur ! Tu trouves pas que tu y vas un peu fort en qualifiant de grave décision ce qui n'est somme toute qu'un vague projet de voyage ? » À ça je réponds que si le lecteur nous connaissait un peu mieux, il saurait que de notre point de vue une décision est grave par définition, que c'est quelque chose qu'on évite comme la peste. Pour ma part, une fois que j'ai décidé quelle paire de bas porter et quoi mettre sur mes toasts, j'ai pas mal atteint mon quota de décisions pour la journée. Il faut savoir aussi qu'on est du genre à se faire une montagne d'un rien. On l'avoue sans détour. En fait, la plupart du temps on n'a même pas besoin du rien pour faire la montagne. On n'a jamais accompli quoi que ce soit, on n'est jamais allés nulle part, et la plus légère dérogation à nos petites habitudes nous amène au bord du désespoir. Ce que toi, lecteur, tu as coutume d'appeler « contretemps fâcheux », « petit pépin », « légère contrariété » ou « changement de dernière minute », nous autres on appelle ça l'apocalypse. On ne se refera pas, il est trop tard rendus à nos âges, même que ça devrait aller en empirant. Mais on va tout de même aller à Bird-in-Hand, ça, je t'en passe un papier. (Bird-in-Hand, c'est en Pennsylvanie, mais ne mettons pas la charrue devant les bœufs.)

À partir du moment où on a su qu'on partirait, on a commencé à s'en tenir au continent américain. Maintenant que nos pérégrinations virtuelles avaient pour but de trouver la destination idéale, qu'on ne se contentait plus de vadrouiller au hasard, on ne voyait plus l'intérêt d'aller mémérer ce qui se passe dans la rue du Grand-Puits à Saint-Yrieix-sur-Charente (banlieue d'Angoulême), ou encore dans les jardins Zhujiang, à Shanghai. Il faut être réaliste : on savait bien qu'on ne trouverait jamais le courage de mettre l'océan entre nous et la maison. Si tu tombes mal pris à Lowell, mettons, tu peux toujours faire du pouce, voler des bicyclettes ou, au pire, marcher. Terry Fox a traversé le Canada à pied, on n'est pas plus fous que lui. Par contre, si tu tombes mal pris à Chepek (Turkménistan) ou dans le coin d'Adan (Yémen), tu fais quoi ? Tu te couches en petite boule dans un coin et tu pleures en attendant la mort. Vraiment, les États-Unis offrent le meilleur rapport dépaysement/sécurité. Et là, tiens, je vais de ce pas inaugurer un nouveau chapitre pour t'expliquer comment on en est venus à choisir Bird-in-Hand.

4. Présentation de l'auteure (parce qu'il faut faire les choses correctement)

Comme le titre du chapitre l'indique, j'ai changé d'idée, je ne vais pas te parler tout de suite de Bird-in-Hand. Je disais juste un peu plus haut : « … si le lecteur nous connaissait un peu mieux blablabla… », et ça m'a fait réaliser qu'au bout d'une vingtaine de pages je n'ai pas encore dit un mot à mon sujet. Ce n'est pas que je gagne à être connue, mais il me semble que le lecteur, qui a (je l'espère) dépensé du bon argent pour ce livre, a le droit de savoir à qui il a affaire.

Monsieur Marc Fisher, dans son indispensable ouvrage *Conseils à un jeune romancier,* recommande de présenter les personnages petit à petit au fil du récit. (Ventiler l'information, comme il dit si bien.) Dévoiler leurs mobiles et leur psychologie par le biais de dialogues ou, mieux, en les faisant agir. Ne possédant ni le métier ni la diabolique habileté du Maître, je me contenterai de me présenter tout d'un bloc. Après ça, on sera quittes de cette corvée et on pourra entrer dans le vif du sujet. Bon, je commence si je veux finir. Je m'appelle Tess, j'ai trente-deux ans et j'habite à Grand-Mère avec Jude, à qui je laisse le soin de se présenter lui-même quand ça sera son tour d'écrire. Là, il faudrait que je dise ce que je fais dans la vie. Je travaille au Subway (en face du Pétro, tu sais ?). Je fabrique des sous-marins selon les directives des clients, je leur demande si c'est pour manger ici ou pour emporter, si c'est pour manger tout seul ou en trio. Dans ce dernier cas, je leur demande s'ils veulent des biscuits ou des chips. Après ça je les fais payer. Quand il n'y a pas de client, je remplis les petits bacs d'ingrédients, je coupe des tomates ou des concombres, je passe une guenille sur les tables, des affaires de même. Ce n'est pas trop pénible, mais ce n'est pas quelque chose que tu fais dans tes loisirs. Maintenant quoi ? Qu'est-ce qu'on raconte une fois qu'on a dit son nom, son âge, son lieu de résidence et sa profession ? (Considère l'absence de guillemets à ce dernier mot comme de l'humour noir.) Je sais pas. As-tu des questions ? Hmm… regarde, on va procéder autrement. Si tu me donnes deux minutes, je devrais être en mesure de dénicher dans le Web un quelconque test de personnalité que je compléterai sous tes yeux. Ah ! Celui-ci semble tout à fait approprié : « Aidez vos amis à mieux vous connaître en cinquante questions. » Pour les besoins de la cause, on va faire comme si tu étais mon ami, ça va être weird. La plupart des questions sont un peu idiotes, aussi je t'en ferai grâce. Mais il paraît que les réponses devraient t'aider à mieux me cerner.

Aidez vos amis à mieux vous connaître

(questionnaire provenant de www.sedecouvrir.fr complété par Tess pour l'édification du lecteur)

1. 22 h 06
2. Tess
3. 32 ans
4. Je sais pas exactement. Quelque chose comme 5 pieds et 4

5. Bruns
6. Bruns
7. Verseau
8. Grand-Mère
9. Une sœur
10. Non
11. Oui, Sébastien Daoust (s'il faut l'en croire)
12. Rien du tout
13. Texas chainsaw massacre
14. À la recherche du temps perdu
15. I Think We're Alone Now
16. Hantise
17. Silencieuse
18. Désagréable
19. Non
20. Une fille à poil
21. Campagne
22. Hiver
23. À la même place que maintenant
24. Aller à Bird-in-Hand
25. Jude
26. Non
27. Je choisis la morte
28. Une photo de Virginia Woolf
29. Le plancher
30. Les sushis
31. Je ne pense pas en avoir
32. Non
33. À Bird-in-Hand
34. Je m'en fous
35. Personne
36. « T'sais quoi ? »

37. De la sonnette de la porte
38. Au voisin tout à l'heure, mais ça ne compte pas vraiment
39. Non
40. Non
41. Raspoutine
42. Un barb wire autour du bras ou un slut stamp dans le bas du dos, comme tout le monde
43. Aucune
44. Je n'ai pas voté
45. Rien en particulier
46. Je fais bouillir l'eau pour le café
47. J'enlève mes verres de contact
48. Jamais, ça n'arrive qu'aux autres
49. Pas excessivement
50. 22 h 31

Voilà, c'est comme si tu m'avais tricotée. Passons maintenant aux choses sérieuses.

5. *Bird-in-Hand*

Si l'on en croit les gens de Google Maps (et personnellement je les tiens pour infaillibles), cela prend exactement neuf heures et quarante-sept minutes pour se rendre à Bird-in-Hand en voiture. Bien sûr, ils ne tiennent pas compte dans ce calcul des pauses-pipi ni du fait que tu vas peut-être arrêter casser la croûte à Albany, mais comme ils s'imaginent que tu respectes scrupuleusement les limites de vitesse, ceci compense pour cela.

En sortant de chez nous (on reste juste à côté de l'école Laflèche, pour te situer), tu suis la Sixième jusqu'au bout et tu continues sur le boulevard des Hêtres, qui deviendra le boulevard Saint-Sacrement, puis, plus loin, l'avenue Champlain. Pourquoi ne pas l'avoir appelé « des Hêtres » sur toute sa longueur ? Bonne question. Peut-être parce qu'on ne trouve des hêtres que sur une portion de son tracé, ou peut-être qu'on répugnait à honorer Champlain avec un boulevard en entier, vu qu'il n'a jamais mis le pied à Shawinigan. Va savoir. Quoi qu'il en soit, tu tournes à droite à la hauteur de Trudel et tu files jusqu'à la sortie Trois-Rivières de l'autoroute 55. Tu empruntes ladite autoroute (mais n'oublie pas de la rendre ! Ha ! ha ! ha !), et tu la quittes à peine trente kilomètres plus loin pour prendre la 40 en direction de Montréal. Aux environs de la métropole, tu suis les indications pour le tunnel Louis-Hippolyte-La Fontaine. Avant de t'y engager, assure-toi de ne pas transporter de gros carré noir dans ton auto : c'est interdit. (Je rejoins quelqu'un avec cette blague ?) Sorti du tunnel, tu prends la 20, direction sud, qui devient pendant un petit bout la route 132, pour se métamorphoser à nouveau en autoroute 15, si j'ai bien compris. Les indications de Google sont un peu confuses pour cette portion du trajet, mais quand tu le vois sur la carte ça devient plus clair. En gros, tu roules vers le sud et, première chose que tu sais, tu te ramasses à la frontière américaine. Là, le douanier te demande, l'air soupçonneux, ce que tu viens faire aux États. « We're going to Bird-in-Hand, sir !

– Oh ! Welcome, then ! »

Cette formalité accomplie, tu continues vers le sud sur l'autoroute 15, laquelle ne s'appelle d'ailleurs plus comme ça, mais porte maintenant le nom beaucoup plus catchy de Adirondack Northway/Interstate 87 S. Tu profites du paysage pendant deux cent quatre-vingts kilomètres, puis tu prends la sortie 1W en direction de New York/Buffalo. C'est à peu près ici que survient la halte-bouffe d'Albany dont je te parlais. Si tu n'as pas faim, je ne te force pas mais, mine de rien, ça fait presque cinq heures que tu roules, ça va juste te faire du bien de te délier les jambes. Aimes-tu les huîtres ? Dans ce cas, rends-toi au Jack's Oyster House (42-44, State Street, Albany, NY 12207), qui semble jouir d'une excellente réputation dans la région. Bon, c'est un peu chic, mais pour ton premier repas en terre étrangère, tu peux bien te payer un petit luxe. D'ailleurs, on n'y sert pas que des huîtres. L'établissement est dirigé par un « French Certified Master Chef » du nom de Luc Pasquier, qui fait à peu près de tout : du Massachusetts cod dans de la granola crumble avec dessus du meyer lemon emulsion, ou des chicken breasts Schnitzel classic, ou encore du canard à l'orange braised with candied zest, etc.

Bon, maintenant que tu t'es régalé, hop ! dans la voiture.
L'Interstate 287 S te conduira sur le territoire du New Jersey,
mais tu ne feras qu'y passer (et c'est bien tant mieux : le New
Jersey, il paraît que c'est le Longueuil des États). Au bout de trois
petits quarts d'heure, tu prends la sortie 21B pour l'Interstate
78, et te voilà en Pennsylvanie, berceau de la démocratie en
Amérique. Tu te sens un peu claqué (surtout si tu t'es voté une
ou deux coupes de Riesling pour faire descendre les huîtres),
mais tu dois tout de même demeurer vigilant, car à partir d'ici
ça devient un peu mêlant, Bird-in-Hand étant située à l'écart
des grands axes. Pour faire une histoire courte, tu empruntes
quelques routes secondaires et, après une heure de viraillage, tu
arrives aux environs de Lancaster, qui est la plus grande ville
entre Philadelphie et Pittsburgh (les 500 000 habitants du grand
Lancaster en font le cent unième centre urbain le plus important
au pays, excusez du peu…). Après Lancaster, tu files sur Old
Philadelphia Pike (aussi appelée, plus prosaïquement, Road 340)
pendant une petite demi-heure en direction de l'est, et voilà :
tu y es ! Welcome to Bird-in-Hand ! En apercevant l'enseigne
figurant un oiseau dans une main, tu t'exclames à l'intention
de ton passager : « Enfin, nous y sommes !

— Oui, enfin ! On dira ce qu'on voudra, mais neuf heures
quarante-sept de voiture, ça vous met les fesses en compote !

— Heureusement que nous nous sommes arrêtés à Albany
pour casser la croûte.

— Diantre ! À qui le dis-tu ! »

Si tu n'as pas de passager, tu te dis tout ça dans ta tête.
Ensuite, tu te mets en quête d'un gîte. Le premier que tu vas
apercevoir, à ta droite, le Bird-in-Hand Family Inn, est tout à
fait convenable, mais tu peux aussi descendre au Amish Country
Motel, au Mill Stream Country Inn ou encore au Travelers Rest
Motel. Le plus beau dans tout ça c'est que tu ne fais de peine à

personne en choisissant l'un ou l'autre, puisqu'ils appartiennent tous à la famille Smucker, des gens pas mal pesants dans le coin. Quoi qu'il en soit, je te recommande tout de même le Bird-in-Hand Family Inn, car il est situé juste à côté du Bird-in-Hand Family Restaurant and Smorgasbord, également propriété des Smucker, où l'on sert des plats traditionnels du comté de Lancaster. Qu'est-ce à dire ? J'avoue que je ne sais pas trop ce qu'il faut entendre par là. Sur la photo ornant le menu (c'est sur le site de la ville : http ://www.bird-in-hand.com), on peut voir un gros jambon et une dinde farcie, des petits pois, des patates pilées, des tartes, des pâtisseries et un panier rempli de trucs frits, tout ça sous les yeux ravis d'une fillette rousse (une petite Smucker ?) mordant dans un épi de maïs. Ça semble délicieux, mais je ne voudrais pas voir les artères du type qui bouffe là chaque jour. Cependant, une fois n'est pas coutume et les huîtres d'Albany sont loin, alors vas-y, bourre-toi la face dans le smorgasbord (qui semble être la manière amish de désigner un all-you-can-eat). Ensuite : une douche et une bonne nuit de sommeil avant de te lancer à la découverte de Bird-in-Hand.

Bird-in-Hand fut officiellement fondée en 1836 mais, dès le début du XVIIIe siècle, on trouvait déjà à cet endroit un hôtel servant de relais de diligence. L'établissement, qui appartenait à un couple formé de monsieur William McNabb et de son épouse Dorothy, s'appelait tout bonnement Hotel McNabb, comme en faisait foi la jolie enseigne ornant la devanture. Sous la raison sociale écrite en lettres gothiques, l'artisan avait dessiné, d'après les directives des McNabb ou suivant sa fantaisie, une main tenant un petit oiseau rouge. Pourquoi un oiseau dans une main ? L'histoire ne le dit pas, mais si on dispose comme moi de beaucoup de temps libre et qu'on a un faible pour les informations pas très utiles, on ne tarde pas à découvrir qu'il existe une locution anglaise, provenant d'une chanson de 1781

(*Sung at Vauxhall*), disant : « One bird in the hand is worth two in the bush. » Ce qui est à peu près l'équivalent de notre « Un tiens vaut mieux que deux tu l'auras » ou encore de cette sage parole de l'Ecclésiaste comme quoi un chien vivant vaut mieux qu'un lion mort. Mais comme la *Sung at Vauxhall* date de 1781 et que monsieur McNabb opérait son business vers 1715, cela ne nous avance pas à grand-chose, sinon à prendre la mesure de ma vaste érudition, ou de ma capacité à taper des mots dans un moteur de recherche. Toutefois, en creusant un peu la question, on remarque que cette idée d'un oiseau dans la main valant mieux que deux dans les buissons remonte à bien avant cela. Ainsi, vers 1530, Hugh Rhodes, dans son bouquin intitulé *The boke of nurture or schoole of good maners,* écrivait : « A byrd in hand – is worth ten flye at large. » Mais dans ce cas, cela voulait plutôt dire qu'il ne faut pas courir deux lièvres à la fois, car « byrd » désigne ici une personne de sexe féminin.

Bref, pour une raison ou pour une autre, il y avait un oiseau dans une main sur l'enseigne de l'hôtel de William McNabb. Et comme à cette époque le lieu était fréquenté par des colons en provenance de tous les pays d'Europe (surtout des Allemands et des Hollandais), ne parlant à peu près pas l'anglais (et le lisant encore moins) ; et comme même ceux dont l'anglais était la langue maternelle étaient pour la plupart illettrés, ce qu'on retenait de l'enseigne était le dessin. On prit donc l'habitude de désigner le lieu sous le nom de Bird-in-Hand (ou « Oiseau dans la main », ou « Vogel in der Hand », ou « Pájaro en la mano », ou « птица в рука », etc.). D'ailleurs, à l'époque, tous les relais de diligence le long de l'Old Philadelphia Pyke étaient nommés d'après les dessins sur les enseignes ou, à défaut, d'après quelque particularité géographique. On retrouvait des endroits comme The Ship, The Wagon, The Plough, The Buck, White Horse, Black Horse, The Hat, etc. Il semble bien, cependant, que Bird-in-Hand soit le seul de ces toponymes à avoir traversé les époques et à figurer sur les cartes de nos jours.

Pourtant, quand la mafia des postes s'en mêla et exigea que la ville fût dotée d'un nom officiel, on lui donna celui d'Entreprise (oui, comme le vaisseau spatial). Pourquoi ? Je ne trouve la réponse nulle part, mais j'imagine que c'est à cause d'un fonctionnaire mal luné (peut-être le même qui avait fait des misères aux gens de Nameless), estimant que Bird-in-Hand ne faisait pas sérieux. Mais Entreprise ou pas, tout le monde continuait d'appeler l'endroit Bird-in-Hand gros comme le bras, si bien qu'en 1873 les autorités acceptèrent de plier devant le fait accompli et la ville fit son entrée dans les registres de l'État sous son nom véritable.

Pendant longtemps, Bird-in-Hand ne fut qu'un simple marché. Les amish des environs venaient y vendre leurs produits une ou deux fois par semaine, puis repartaient dans leurs fermes. Les jours où il n'y avait point de marché, c'était carrément une ville fantôme, avec une population atteignant tout juste les trois chiffres. Les choses changèrent quand, en 1911, Jonathan Stoltzfus acheta une ferme de soixante acres dans les environs. Plus tard, ses fils ouvrirent un hôtel et entreprirent de développer l'industrie touristique dans la région. De nos jours, ses descendants (les Smucker) possèdent à peu près tous les établissements de la ville. Là tu vas dire : « Si le type s'appelait Stoltzfus, comment se fait-il que ses descendants soient des Smucker ? » Eh bien, Smucker, ça fait plus américain et c'est meilleur pour les affaires. C'est aussi simple que ça.

6. Et pourquoi Bird-in-Hand ?

Ça, lecteur, c'est une excellente question. D'ailleurs tu as sans doute noté que je l'ai utilisée comme titre pour ce chapitre. Ça me fait ça de moins à inventer et toi ça te donne l'impression de participer. Pourquoi Bird-in-Hand, donc…

Je mentirais si je disais qu'il s'agit d'une décision rationnelle. En fait, la réponse qui me vient spontanément est : « parce que ». Mais cela n'étant point admissible dans un texte à prétention littéraire, je tenterai une explication. Précisons d'abord qu'il s'est écoulé pas mal de temps entre ce fameux soir où on a pris la décision de partir et le moment où on a fait notre premier move. Pas trop notre spécialité, ça, les moves. Ma sœur dit que si le mot « velléitaire » n'avait pas existé, il aurait fallu l'inventer spécialement pour nous. Mais elle a tort, d'ailleurs elle dit ça juste pour faire shiner un des seuls grands mots qu'elle connaît. Velléitaire, ça veut dire que tu as l'intention de faire quelque chose, mais que tu branles dans le manche ; eh bien je peux te jurer qu'on n'a jamais eu la moindre velléité. Et si tu penses que notre expédition en Pennsylvanie entre dans cette catégorie, il sera toujours temps de ravaler tes paroles quand tu recevras notre carte postale.

Notre premier move, donc, consista à choisir une destination (si, si, ça compte pour un move). Au début, on n'en avait que pour le Connecticut. Premièrement, la distance nous semblait idéale. Il y a environ sept cents kilomètres entre ici et Hartford (un peu plus ou un peu moins, selon l'itinéraire choisi, mais sept cents tout rond par l'Interstate 87), ce qui est assez loin pour qu'on ait l'impression d'être ailleurs, mais encore suffisamment proche pour nous éviter la crise de panique. On avait établi notre barrière psychologique à mille kilomètres (Bird-in-Hand, à neuf cent quatre-vingts kilomètres de Grand-Mère, se qualifie donc de justesse.) Ce qu'il y a, surtout, avec le Connecticut, c'est que c'est là qu'est située la ville fictive de Stars Hollow, où habitent Rory et Lorelei Gilmore. D'accord, c'est une ville fictive et sans doute que *The Gilmore Girls* n'était même pas tournée au Connecticut pour vrai, mais cela suffit à nous faire aimer cet État. Le Connecticut, donc, mais où en particulier ? Mystic ? Crystal Lake ? Wolcott ? Moosup ? Canaan ? Toutes ces villes nous ont tentés à un moment ou à un autre mais, comme disent les participants d'*Occupation Double,* on n'avait de coup de cœur pour aucune. À un moment donné, j'ai lancé, sans trop réfléchir : « Ah ! Et pis fuck ! Allons à Bird-in-Hand et tout sera dit ! » Jude a répondu : « Bin oui, c'est évident, calice ! » et on a éclaté de rire. Affaire conclue. On faisait des farces, mais faire des farces c'est notre manière d'être sérieux.

On connaissait l'endroit de nom, pour l'avoir vu, entre Bald Head et Camel Hump, dans ces listes de « funny place names », « strange city names » et autres « weird town names » dont on raffolait. Ça n'était qu'un toponyme idiot de plus, assez inhabituel pour mériter de figurer dans ces répertoires, mais pas suffisamment bizarre pour qu'on s'y intéresse de près. Or, qu'il me soit venu à l'esprit, comme ça, out of the blue, ça nous est apparu comme un signe. On a aussitôt mis à contribution nos moteurs de recherche favoris (en passant : selon Family Watch Dog, il n'y a aucun prédateur sexuel répertorié sur le territoire de la municipalité) et, au bout de quelques heures, on en savait aussi long sur Bird-in-Hand que si on y était nés.

7. Un problème bien posé

Arrange ça comme tu veux, mais dans le fond on a besoin de deux choses pour que notre projet se concrétise : une voiture et de l'argent. Et comme une voiture s'échange contre de l'argent, on peut encore simplifier et dire que tout ce qui nous manque, c'est du blé. On a calculé qu'on avait besoin de dix à quinze mille dollars (le prix de la voiture étant compris là-dedans) pour financer notre voyage. Il paraît qu'un problème bien posé est à moitié résolu, mais quelque chose me dit qu'il s'agit de la moitié la plus facile.

Mes importantes fonctions dans l'industrie du sous-marin me rapportent, grosso modo, mille dollars par mois. (Vingt-cinq heures par semaine à presque dix dollars de l'heure, do the math.) Tu vas me dire : « Tu n'as qu'à travailler davantage, petite paresseuse, comme ça tu vas en avoir plus épais dans les poches. » À première vue, le conseil est bon, mais ce n'est pas comme ça que ça marche : si je travaillais plus, je tomberais dans la catégorie des gens qui paient des impôts, et je me ramasserais plus pauvre au bout du compte. Pour réellement gagner plus d'argent, il faudrait que je travaille *beaucoup* plus, quelque chose comme quarante heures par semaine. Et je me connais assez pour savoir qu'avec mes vingt-cinq heures je suis à l'extrême limite de ce que je peux supporter. Bien que le Subway de Grand-Mère ne soit pas le plus achalandé au monde et que, la plupart du temps, je gagne mon salaire simplement en restant debout derrière mon comptoir ou en réaménageant le rack à chips pour me donner une contenance aux yeux du gérant, je passe très souvent à un cheveu de tout laisser en plan au beau milieu d'un sous-marin. Des fois j'en rêve si fort que j'ai l'impression de l'avoir fait pour vrai. Je sais, je suis une petite nature et au moment où on se parle il y a des Chinois en Chine qui bossent dix-huit heures par jour à cinquante cennes de l'heure pour qu'on ait des belles cochonneries dans nos Dollarama, mais c'est complètement hors sujet. Ce qui est important à retenir c'est que ce travail rapporte mille dollars par mois.

Toi et les autres contribuables, dans votre infinie bonté, octroyez à mon Jude un peu moins de six cents dollars par mois, par le biais du ministère de la Solidarité sociale, ce dont il vous est infiniment reconnaissant. Notre revenu total s'élève donc à mille six cents dollars par mois. En ce qui concerne nos dépenses fixes, le loyer nous coûte quatre cent vingt-cinq dollars et les gens d'Hydro-Québec nous envoient chaque mois une facture de soixante-quinze dollars, ce qui fait que ça nous revient à cinq cents dollars tout rond pour avoir une adresse et pour qu'il se passe quelque chose quand on actionne un interrupteur. On dépense à peu près deux cents dollars d'épicerie, mais on ne compte pas la bière là-dedans. (Ajoute un autre cent.) Voilà qui fait pas mal le tour de nos dépenses fixes. (On se branche à Internet en captant le réseau Wi-Fi d'un certain Doum37 et, pour ce qui est du câble, c'est un dénommé Mario (un ami du voisin) qui nous l'a installé clandestinement pour soixante piastres.)

Bref, la moitié de notre revenu est consacré à satisfaire nos besoins primaires. Et le reste ? Il part en fumée, il s'évapore, il disparaît dans la nature. Des pichets Chez Véro, des revues de vedettes plates, des cossins, l'ordi qui brise, moi qui n'ai plus rien à me mettre sur le dos, etc. Évidemment, on pourrait économiser en décidant de boire à la maison et de tolérer de ne point connaître tous les détails de la vie sentimentale des comédiens de *Twilight,* mais, même dans ce cas, on n'épargnerait toujours que quelques centaines de dollars par mois. À ce rythme-là, ça nous prendrait trois ou quatre ans pour atteindre notre objectif. Et ce n'est pas dans trois ou quatre ans qu'on veut mettre les voiles, c'est très bientôt.

Une chambre pour deux au Bird-in-Hand Family Inn coûte exactement 127,65 $ la nuitée. Avec les repas et les menues dépenses, on estime qu'on va débourser quasiment deux cent cinquante dollars par jour, donc quelque chose comme mille cinq cents dollars par semaine. Avec dix mille dollars, on pourrait tenir un mois et demi, mais il faut penser à se garder un petit coussin pour le retour parce que ça n'est pas garanti que mon boss va m'aimer encore si je décide de prendre six semaines à mes frais, il pourrait aussi bien décider de me remplacer par le type dont le CV se trouve sur le dessus de la pile. (Remarque, ce n'est pas une perspective qui m'épouvante outre mesure.) On prévoit également dépenser mille dollars d'essence, en tout et pour tout, et quatre mille dollars pour la voiture. Il paraît que c'est le minimum que tu dois mettre sur une machine si tu veux éviter les problèmes. Tu peux toujours faire ton fin finaud et t'acheter un bazou à trois cents dollars, mais c'est pas d'avance s'il te chie dans les mains deux jours après. Ce n'est pas moi qui le dis, je cite (presque textuellement) le papa de Jude, qui en connaît un bout sur les autos. Il a aussi dit : « Si vous voulez aller aux États, vous êtes aussi bin d'avoir un char qui a du bon sens, parce que des fois ils te laissent même pas passer aux lignes quand tu chauffes une minoune. » Je ne sais pas si c'est vrai, mais vaut mieux ne pas prendre de risque. Et puis, on n'a pas trop envie de tomber en panne au bord de l'Interstate 87 et de passer la journée assis à côté de la machine à pinottes, dans un garage de Keeseville (Vermont), pendant que le garagiste nous parle vite en anglais et nous regarde en se pourléchant les babines parce que c'est écrit dans notre front qu'on ne connaît rien en mécanique. On va donc s'acheter une voiture de bonne qualité, quitte à la revendre au retour si on ne s'y est pas trop attachés.

8. Quelques mauvaises idées

Ce n'est qu'au bout d'une longue séance de brainstorming, au cours de laquelle toutes les combines visant à nous enrichir rapidement furent tour à tour étudiées puis rejetées, que nous mîmes au point un plan à peu près jouable. À l'école, quand on organisait une séance de brainstorming (ou « remue-méninges », comme on disait alors), la maîtresse avait coutume de dire : « Dans un remue-méninges, il n'y a pas de mauvaises idées. Il faut tout sortir et faire le tri par la suite. » Elle aurait ravalé ses paroles si elle avait assisté au nôtre. C'était carrément le festival des mauvaises idées. Tiens, je t'en offre un extrait, juste pour que tu voies le genre.

Jude : Je l'ai ! La vente pyramidale !

Moi : Personne fait d'argent avec la vente pyramidale, à part le gars au sommet de la pyramide.

Jude : Justement, ça serait notre pyramide, on serait au sommet et ce sont nos poches qui se rempliraient.

Moi : Sauf que, pour partir notre pyramide, il faudrait convaincre cinq de nos amis d'embarquer, qui à leur tour devraient convaincre cinq des leurs, etc. Réfléchis : est-ce qu'on a cinq amis ?

Jude : Ouais, problème… la loterie, alors ?

Moi : T'es sérieux ?

Jude : Oui, écoute mon idée. Les chances de tomber sur la combinaison gagnante au 6/49 sont de une sur douze millions. Un billet coûte deux dollars. Tu me suis ?

Moi : Au fur et à mesure.

Jude : Bon, ça, ça veut dire que pour jouer les douze millions de combinaisons possibles, il faut débourser vingt-quatre millions. Tu n'as qu'à attendre que le gros lot soit supérieur à ce montant et jouer toutes les combinaisons. S'il est juste à vingt-cinq millions, tu fais toujours un million de profit.

Moi : C'est si simple ! C'est à se demander pourquoi il y a encore des pauvres au Québec. Et si quelqu'un d'autre a tiré la combinaison gagnante et que tu doives partager ton vingt-cinq millions, tu te ramasses dans le trou de douze millions.

Jude : Onze point cinq.

Moi : Si tu veux. Mais juste par curiosité : tu le prends où ton vingt-quatre millions du début ?

Jude : OK, laisse tomber. À ton tour de proposer quelque chose.

Moi : Euh… on pourrait vendre un organe dont on n'a pas l'usage au marché noir. Un rein, par exemple. On en a deux, mais on peut très bien rouler sur un seul.

Jude : On trouve ça où, un trafiquant d'organes ?

Moi : Là où on trouve tout, Internet.

Jude : J'ai l'impression qu'on parle pour rien dire. Tu serais game, toi, de te rendre dans une salle d'opération clandestine, dans un demi sous-sol de Laval, et de te faire endormir par un Chinois qui désinfecte ses instruments au Jack Daniel's ?

Moi : T'es bin raciste ! Pourquoi un Chinois ?

Jude : Sais pas, de même. À cause d'un film, peut-être… Mais anyway, réponds à ma question : serais-tu game ?

Moi : Non.

Jude : On pourrait opérer un salon de massage avec extras.

Moi : Genre ?

Jude : Genre le client paye quatre-vingts dollars pour une heure de massage thaï et vingt dollars de plus s'il désire un extra.

Moi : Et j'imagine que c'est moi qui les prodiguerais, ces massages…

Jude : Ouin. Bin, t'sais… t'es une fille.

Moi : Incontestablement. Idée rejetée, mais j'ai tout de même deux questions. Non, trois, plutôt. Un : comment ça se fait que tu sois au courant des tarifs pratiqués dans cette sorte d'établissement ? Deux : en quoi consiste un massage « thaï » ? Trois : en quoi consiste l'« extra » ?

Jude : Pour ce qui est de ta première question, Internet, encore une fois. Qu'est-ce que tu crois ? Un massage thaï, c'est quand la fille frotte ses seins sur le client, et l'extra, c'est une branlette.

Moi : J'ai pas de seins, ça règle le problème.

Jude : Tu penses que le caissier du Pétro nous reconnaîtrait si on portait des masques ?

Etc.

Comme ça pendant un bon deux heures. Découragés par notre propre insignifiance, on allait jeter l'éponge, ajourner la séance au lendemain, quand on est enfin tombés sur l'Idée du Siècle. (C'est comme ça qu'on appelle notre plan à peu près jouable, pour nous encourager.) Ça me fait mal de l'écrire, et personne ne s'en rendrait compte si je trafiquais un peu la vérité, néanmoins ma conscience m'oblige à admettre que l'Idée du Siècle vient du voisin. (Inutile de te présenter le voisin, c'est n'importe qui, le premier venu, la seule chose intéressante à son sujet est la manière dont on l'a connu, une histoire assez étonnante que je ne te raconte pas tout de suite pour ne pas m'éparpiller, mais que je trouverai bien le moyen de caser plus loin.) Donc, c'est le voisin qui a eu l'Idée du Siècle. Enfin, il serait plus juste de dire qu'il nous a mis sur la piste. Il était là, écrasé dans le divan, pendant qu'on se remuait les méninges, et comme d'habitude on ne tenait pas trop compte de sa présence ni de ses commentaires. En fait, ça nous a pris quelques minutes avant de réaliser qu'il avait, contre toute attente, proféré quelque chose de pas si débile, et qu'on lui dise : « Répète donc ça, voir… » Mais avant que je te parle de notre idée, il faut absolument que je te présente Sébastien Daoust, qui tiendra un rôle-clé dans sa mise en œuvre.

9. *La scène littéraire locale*

Tu vas peut-être m'accuser de prendre des détours, de passer par Winnipeg pour aller de Shawinigan à Trois-Rivières, mais j'estime que j'ai parfaitement le droit d'amener mon sujet comme je veux. C'est un caprice d'auteur et ça ne se discute pas. Si tu veux lire des récits qui filent du point A au point B à toute vapeur, des histoires haletantes avec un tas d'unités narratives (si le terme d'unité narrative est trop savant pour ta petite tête, tu n'as qu'à consulter le premier ouvrage de théorie littéraire venu, *Esthétique et théorie du roman,* de Bakhtine, *L'art du roman* de Henry James ou encore *Conseils à un jeune romancier,* de Marc Fisher, dont je t'ai déjà glissé un mot et dont il sera encore question plus tard), si tu veux un bouquin où il se passe quelque chose, donc, va acheter ceux de John Grisham ou de Mary Higgins Clark et laisse-moi digresser en paix. Ceci dit, c'est vrai que je pourrais te brosser le portrait de Sébastien Daoust en trois coups de crayon (d'autant plus que ce n'est pas quelqu'un de particulièrement intéressant) et ensuite revenir à mes moutons, mais la vérité est que je suis fort aise d'avoir ici une occasion de te parler du milieu littéraire grand-mérois, dont monsieur Daoust n'est que le représentant le plus modeste. Sans blague, pour une ville qui n'est pas exactement une mégapole (on est douze mille, à tout casser), Grand-Mère compte parmi ses habitants un nombre impressionnant de plumes renommées.

À tout seigneur tout honneur, commençons notre tour d'horizon par un nom célèbre : Paule Doyon, dont les ouvrages te sont, j'ose l'espérer, familiers. Sinon, abandonne la lecture en cours, précipite-toi chez ton libraire et procure-toi l'œuvre entière de madame Doyon. Si ton libraire te répond qu'il ne l'a pas en stock, change de libraire. Après tout, la vie ne tient qu'à un fil, tu peux aussi bien te faire renverser par un camion en sortant de chez toi, te faire frapper par la foudre, être victime d'un anévrisme, et tu serais mort sans avoir lu Paule Doyon, ce qui est très mal vu dans l'au-delà, paraît-il. Soit, mais par où commencer ? (Il est vrai que nous sommes devant une œuvre particulièrement abondante.) Je te suggère de débuter par ses écrits sapientiels, comme son fameux *Livre M* (éditions En Marge), dans lequel elle apporte une réponse définitive à ces questions sur lesquelles les grands esprits se sont cassé les dents depuis deux millénaires et demi. (Quel est le sens de la vie sur terre ? D'où venons-nous ? Où allons-nous ?) Tout ça dans un petit bouquin de cent vingt-deux pages, où il est également question de télépathie, d'écriture automatique et de la possibilité de communiquer avec les autres planètes. Maintenant que tu connais les grands secrets de l'univers, tu peux mourir en paix. Mais je te conjure de n'en rien faire et d'y aller plutôt d'une incursion dans l'univers romanesque de l'auteure avec *Faut que je te parle d'Albert* (Stanké), qui lui a valu d'être finaliste au prix Gérald-Godin en 1997, et dont Réginald Martel (qui ne se trompe jamais) a dit : « On trouve dans ce roman beaucoup de naturel, un peu d'humour, et certainement la preuve que madame Doyon sait rendre passionnante, jusqu'à la chute inclusivement, les histoires qu'elle raconte. »

Maintenant, puisque je t'aime bien, je te révèle un secret (mais ne va pas l'ébruiter) : une partie importante de l'œuvre de Paule Doyon t'est accessible sans que tu aies à bouger ton derrière ni dépenser un seul kopeck : en te rendant sur son site (http://www.cafe.rapidus.net/anddoyon/index.html), tu peux y lire des poèmes, des contes, des petits textes humoristiques et même un roman complet ! Tu ne me crois pas ? Va voir ! Tiens, juste pour t'aguicher, voici une pépite que j'y ai puisée, au hasard. Une petite pièce en vers écrite à l'occasion de la perte d'un être cher. Retiens tes larmes si tu peux.

> Plus de petits plats
> sur les carreaux du parquet
> ni boule de poils noirs endormie sur le tapis
> tous les fauteuils sont vides
> et les portes restent fermées
> la maison partout s'ennuie…
>
> Noir-Noir, le chat, doucement s'est enfui
> loin de la douleur…
> dans l'univers invisible il dort maintenant
> sa patte de velours s'essaie-t-elle parfois
> de taper encore mon genou…

Je t'accorde quelques minutes pour que tu reprennes tes esprits et j'enchaîne avec un autre poids lourd des lettres : monsieur Bryan Perro. (Parlant de poids lourds, et là tu vas encore m'accuser de m'écarter de mon sujet, surtout qu'on est déjà dans une digression, mais il faut que j'y aille quand ça me vient, sinon je perds mes idées. Bref, parlant de poids lourds, as-tu remarqué qu'on entend souvent dire qu'écrire est un métier de crève-faim, mais que la majorité des écrivains qu'on voit à la télé sont gras comme des voleurs ? Bryan Perro (puisqu'on en parle) : plus pesant que tous les nègres d'Alexandre Dumas mis ensemble. VLB : tous les lieux communs qu'on utilise pour décrire son œuvre (« Immense ! » « Vaste ! ») s'appliquent aussi bien à ses pantalons ; Mistral : heureusement que la coke agit comme coupe-faim, sans ça il serait suffisamment volumineux pour qu'on lui attribue son propre code postal ; Michel Brûlé (oui, je le classe dans les écrivains, il faut savoir se montrer charitable) : doit figurer sur la liste noire de tous les propriétaires de buffets de la métropole. Il y a bien sûr quelques exceptions, mais dans l'ensemble j'ai raison.) Quoi qu'il en soit, je reviens à mes moutons : Bryan Perro. Les villes de Shawinigan et de Saint-Mathieu-du-Parc pourraient nous le disputer, puisqu'il est né dans la première et réside aujourd'hui dans la seconde, mais il s'est suffisamment impliqué dans la vie culturelle de notre belle ville pour être au moins considéré comme un Grand-Mérois honoraire. Ne faisant point partie de son public cible, je n'ai pas grand-chose à dire au sujet de cet auteur (mais pour ceux que cela intéresse : www.bryanperro.com), sinon qu'il est une illustration parfaite de l'adage voulant que l'oiseau ne tombe jamais loin du nid, Bryan Perro étant le fils de ce monsieur André Perreault qui écrit dans l'*Hebdo du Saint-Maurice* et nous émerveille chaque semaine par son étonnante capacité à loger quatre cents adverbes dans un texte de cinq cents mots.

Les Descôteaux forment une autre dynastie littéraire grand-méroise. On se souvient tous du fameux téléroman *Entre chiens et loups,* écrit par madame Aurore Descôteaux, qui fit les délices, entre 1985 et 1993, de ceux qui trouvaient *Le temps d'une paix* trop intello. On se souvient également que, dans cette œuvre, le rôle d'Arthur Grandmaison était défendu avec brio par Gilles Descôteaux, fils de l'auteure, dont la voix grave et les moustaches en guidon de vélo en faisaient la coqueluche des maisons de retraite. Ce que peu de gens savent, par contre, c'est que depuis que le métier de comédien a laissé tomber monsieur Descôteaux, celui-ci s'est recyclé dans la chanson. Qu'est-ce que cela a à voir avec la littérature ? me demanderas-tu. Tu comprendras l'inanité de ta question quand tu te seras donné la peine de lire les textes de ses chansons (http ://www.frmusique. ru/texts/d/descoteaux_gilles/descoteaux.htm). Peut-être faudra-t-il attendre après sa mort, comme il arrive trop souvent, pour que ce poète du quotidien soit reconnu à sa juste valeur mais, pour le moment, le fait qu'il ait vendu aussi peu de disques que Stendhal a vendu de livres de son vivant ne fait que le grandir aux yeux des quelques esprits d'élite qui le comprennent. Et comme je t'inclus évidemment dans cette catégorie, je ne peux m'empêcher de conclure en te faisant cadeau de quelques morceaux choisis. Ainsi ce quatrain, tiré de la magnifique *Pour mieux t'aimer* :

> Je te vois partout maintenant dans le sourire d'un enfant
> Dans les larmes de l'oubli dans un cœur d'handicapé
> Je te vois au firmament je t'entends même dans le vent
> Dans le bonjour d'un ami dans l'oiseau qui chante la vie

Et ces deux-là, de son œuvre maîtresse *Ton enfant n'est pas le nôtre* :

> Je ramasse ce qu'il laisse par terre
> Je fais son lit et son linge est plié
> Je fais tous ses caprices alimentaires
> Comme merci il me rit au nez
>
> Ton enfant n'est pas le nôtre
> Mais, par amour, je l'ai accepté
> Je ne voudrais pas vivre avec un autre
> Alors, chéri, laisse-moi l'éduquer.

10. Sébastien Daoust

Voilà qui complète à peu près ce panorama du milieu littéraire grand-mérois. Impressionnant, hein ? (J'espère qu'à l'avenir tu tourneras sept fois ta langue dans ta bouche avant de nous traiter de ploucs.) Ce n'est pas exhaustif, loin de là, mais ceux que je n'ai pas nommés sont simplement trop obscurs pour que je m'en occupe ici. Le plus obscur parmi ces obscurs est sans contredit Sébastien Daoust, et si je me penche sur son cas c'est, comme je le disais, uniquement parce qu'il a un rôle à jouer dans cette histoire.

La notice biographique figurant en quatrième de couverture de *La mort du ptérodactyle* est aussi laconique que possible : « Sébastien Daoust est né en 1972. Il a étudié la littérature et la linguistique à l'Université de Montréal. Il vit à Grand-Mère. *La mort du ptérodactyle* est sa deuxième œuvre publiée. » Ayant l'honneur de le connaître personnellement, je suis en mesure de compléter cette notice avec les quelques renseignements suivants : il habite dans la Septième Rue, il travaille pour Doral et il a coutume, presque chaque jour en revenant du boulot, de s'arrêter au Subway et de déguster longuement un trio en lisant le *Journal de Montréal*. Et, si tu veux vraiment tout savoir, j'ajoute qu'il a une prédilection marquée pour le douze pouces aux boulettes marinara, qu'il accompagne d'un Coke Diet et de biscuits aux noix de macadamia. Tu sais bien – tu commences à me connaître – que je ne suis pas tellement du genre à faire de la façon aux clients, et que si ça n'avait été que de moi, jamais je n'aurais subodoré que ce gros garçon placide, avec ses lunettes et son début de calvitie, était docteur en littérature depuis qu'il avait soutenu, en 2002, une thèse intitulée *Le temps chez Paul Valéry : une poétique de la perception* (parlez-moi d'un homme qui s'attaque aux vrais problèmes !), et qu'il avait, depuis, publié deux bouquins, salués par la critique.

Si je suis au courant de tout ça, c'est qu'il se trouve que le sieur Daoust en pince pour ma personne. Je ne dis pas ça pour faire ma fraîche, vraiment pas, mais j'ai un look qui plaît aux intellos et aux artistes. Je suis plutôt anguleuse et j'ai l'air bête, une combinaison qui, pour une raison ou pour une autre, semble attirer les types intelligents, angoissés et ennuyeux. On ne m'embaucherait jamais comme modèle pour un calendrier de truckers, mais je pourrais faire des ravages dans les soirées de poésie. Je travaillais au Subway depuis moins de deux semaines que j'étais déjà en possession de mes exemplaires dédicacés de *13 Mécanique* et de *La mort du ptérodactyle*.

Au début, il se contentait de me lancer, par-dessus son journal, des regards juste assez appuyés pour que le message soit clair, mais pas suffisamment pour créer un malaise, et de mettre un peu trop d'intensité dans sa voix pour répondre à mes très prosaïques questions (quelle sorte de pain ? le veux-tu grillé au four ? fromage suisse ou cheddar ? etc.). Puis, un jour, il a ramassé tout ce qu'il a pu trouver de courage et, avec le sans-gêne des grands timides, il a brisé la glace et a entamé une conversation (plutôt un soliloque) principalement composée de rires nerveux et de vantardises malhabilement voilées. Se sachant dépourvu de tout charme personnel, il a simplement tenté de m'emballer en me jetant au visage ses qualités de docteur et d'écrivain. Tout juste s'il ne m'a pas carrément dit : « J'écris des livres, veux-tu coucher avec moi ? »

Je ne sais pas ce que toi tu en penses, mais je trouve que ça ne se fait pas d'offrir son propre livre à quelqu'un. C'est limite grossier. Si tu écris des chansons ou si tu peins des tableaux, tu peux toujours dire : « Écoute, je vais te jouer ma chanson » ou « Viens, je vais te montrer mon tableau », et même si ta chanson ne vaut pas un clou ou que ton tableau n'est pas regardable, ce n'est pas dramatique, tu n'auras fait perdre que quelques minutes à ta victime. Mais lire un livre prend du temps, et j'estime qu'il faut être pathologiquement épris de soi-même pour imposer à quelqu'un de consacrer quatre ou cinq heures de sa vie à son petit univers intérieur. Au moins, les livres de Sébastien sont minces. C'est ce que je me suis dit en le remerciant pour sa délicate attention. En soixante minutes chronomètre en main, je serais quitte de la production littéraire de mon soupirant. « T'es pas obligée de les lire, t'sais… », a-t-il laissé tomber, d'un ton faussement détaché. Mais rien qu'à voir on voyait bien qu'il allait vivre dans une insoutenable expectative tant que je ne l'aurais pas rassuré quant à son génie.

Et à quoi ressemble la prose de cet amant des boulettes marinara ? Comment je t'expliquerais ? Disons, pour faire court, que ça ressemble exactement à ce qu'on peut attendre d'un type qui a écrit une thèse sur la poétique de la perception chez Paul Valéry. Ça ne se lit pas comme du Agatha Christie, si c'est ce que tu veux savoir. En fait, ça ne se lit même pas comme du Robbe-Grillet. À côté de Sébastien Daoust, Samuel Beckett est une pure guidoune et Joyce a des airs de Patricia Macdonald. *La mort du ptérodactyle* fait tout juste cent quarante-six pages. En tenant compte des blancs de fin de chapitres et du fait que l'œuvre proprement dite débute à la page sept, ce n'est pas la mer à boire. Le temps m'a tout de même paru très long. Pour te donner une idée, voici un bref extrait, que je prends le temps de copier mot à mot.

Nous étions chez Jim et Jim me parlait d'antimatière. Nous nous trouvions dans le salon violet. Jim prétendait que notre univers aurait aussi bien pu être constitué d'antimatière et que cela n'aurait fait aucune différence. J'avais du mal à suivre la conversation tant j'étais absorbé dans la contemplation des murs. Pourquoi Jim avait-il choisi une couleur aussi laide pour cette pièce ? « Mais alors, se pourrait-il que l'univers soit effectivement constitué d'antimatière et que nous n'en sachions rien ? » lançai-je, à tout hasard. Jim dit que non, que tout ce qui nous entoure est de la matière, puisque nous l'avons décrété. Tout est affaire de convention. « Dans ce cas, si notre univers était fait d'antimatière, nous appellerions l'antimatière *matière,* et vice-versa. » Jim me répondit que cela était exact. Ainsi donc, un beau matin, Jim était entré dans un magasin de peinture et, parmi les milliers de nuances offertes, il avait choisi ce violet, comme c'est étrange. « Puisque nous désignons systématiquement ce qui nous entoure par le mot *matière,* cela revient à dire que l'antimatière ne peut exister. » Jim allait me répondre, mais fut stoppé dans son élan par la sonnette de la porte. Nous restâmes assis en silence pendant une longue minute, à siroter nos verres. On sonna à nouveau. « Vous devriez aller ouvrir, me dit Jim.

– Pourquoi moi ?

– Si c'est un démarcheur, il voudra s'adresser au maître de la maison. Et comme nous sommes chez vous… »

Cela me semblait logique. Je me levai et allai ouvrir. C'était Quentin. Il parut étonné de me voir. « Bonjour Quentin, nous vous attendions dans le salon violet, Jim et moi. » Je l'aidai à se débarrasser de son pardessus, tout en me demandant pourquoi diable il avait sonné à la porte de son propre domicile. Mais les gens ont leurs habitudes.

C'était la page 34 de *La mort du ptérodactyle,* mais ça n'a pas d'importance dans la mesure où on pourrait aussi bien mélanger les feuillets sans que cela nuise à la compréhension de l'œuvre. On ne trouve point là-dedans ce que mon gourou (Marc Fisher) appelle un « arc dramatique ». Pire encore : on n'y trouve pas la moindre allusion à un ptérodactyle. Évidemment, le lendemain, en sortant de sa shop de bateaux, il s'est présenté à mon comptoir, l'air fébrile. J'ai fait semblant de ne pas remarquer ses regards inquisiteurs pendant que je lui concoctais son festin. Après tout, je n'étais pas forcée d'avoir déjà lu ses livres, il pouvait bien me laisser un répit de quelques jours. J'espérais qu'un autre client arrive mais, comme je le mentionnais plus haut, on n'est pas la franchise la plus achalandée du réseau (c'en est à se demander comment on boucle les fins de mois). « Pis ? » m'a-t-il finalement demandé, au moment où je lui rendais sa monnaie. « Pis quoi ?

– Pis… as-tu eu le temps de commencer mes livres ?

– Ah ! Oui. Je les ai même finis.

– Pis ? »

Je m'étais couchée le soir précédent avec la ferme intention de lui dire la vérité, ce qui sonnait à peu près comme : « Écoute, Sébas, tes bouquins sont sûrement aussi géniaux que le gars qui écrit dans OVNI le prétend. Qui suis-je, d'abord, pour obstiner le critique d'OVNI ? C'est juste que ça n'est pas ma tasse de thé. D'ailleurs, tu as dû te rendre compte que ça n'était la tasse de thé d'à peu près personne le jour où tu as touché tes redevances. » Mais quand on est hypocrite comme moi, les fermes intentions de dire la vérité prennent vite le bord. Et puis, hein, de quel droit lui aurais-je gâché sa journée ? Il venait de se taper huit heures de turbin à mouler des coques en fibre de verre, et là il avait juste envie de savourer un douze pouces bien dégoulinant en lisant la chronique de Richard Martineau, après s'être fait assurer par la fille de ses rêves qu'il enfonçait Kafka. Je ne prétends pas être la gentillesse incarnée, mais je ne suis pas la dernière des salopes non plus. Alors, je l'ai bullshité. Et tant qu'à bullshiter, aussi bien ne pas faire les choses à moitié. Je lui ai parlé de sa virtuosité, de son audace, j'ai fait retentir (pour la première fois, sans doute, dans ce Subway) les noms de Broch, de Gombrowicz, de Buzzati et même de Zénon d'Élée, un coup partie. Je sais, en général, ce que les gens ont envie d'entendre, c'est un genre de don. Pour faire bonne mesure, j'ai conclu avec un ou deux bémols, évidemment attribuables à mon esprit borné et aux lacunes dans ma culture. Je m'écoutais parler et j'arrivais presque à me convaincre moi-même que j'avais aimé ses bouquins, j'arrivais à oublier que je les avais lus en diagonale, en regardant *Taps* à la télé. On dira ce qu'on voudra, mais j'offre un hostie de bon service pour neuf et quatre-vingt-dix de l'heure.

Cependant, après son départ, j'ai repensé à mon affaire et je me suis demandé si je n'y étais pas allée un peu trop fort. Je veux dire : il avait déjà le béguin pour moi, mais maintenant qu'il m'imaginait sensible à son art, peut-être que ça allait se muer en fixation et que je n'aurais plus une minute de paix. Peut-être qu'il se mettrait à m'attendre après la job, m'inviter à sortir, me gosser pour que j'aille chez lui, des affaires de même. Que faire dans ce cas ? Démissionner ? Lui dire carrément : «J'ai menti, je sais pas ce qui m'a prise, tes bouquins sont aussi barbants qu'un épisode de *Second Regard,* et d'abord je sais même pas c'est qui Zénon d'Élée, j'ai dit ça au pif» ? Je n'ai pas eu besoin de recourir à ces solutions extrêmes. Le

lendemain, dès que j'ai eu mis le pied dans le restaurant, Anick
– la fille qui fait l'ouverture – m'annonça que j'avais reçu une
lettre «avec pas de timbre dessus». En effet, il n'y avait que
mon nom sur l'enveloppe. Anick l'avait trouvée en défaisant le
paquet de journaux, glissée entre deux exemplaires du *Journal
de Montréal*. Elle avait donc été mise là entre le passage du
camelot et l'ouverture du restaurant, et je dois admettre, moi
qui suis si paresseuse que c'en est invraisemblable, que cela
m'a touchée que quelqu'un se lève si tôt pour moi. La missive
était ainsi conçue :

> *Tess,*
>
> *Je crois bien que je ne viendrai plus manger ici.
> Dommage, vos sous-marins ne sont pas mauvais,
> c'est abordable et c'est à deux pas de chez moi. Mais
> je suis amoureux de toi et je parierais que ce n'est
> pas réciproque. Continuer à te voir jour après jour
> ne servirait qu'à me faire souffrir inutilement, et j'ai
> depuis longtemps passé l'âge où souffrir inutilement
> me semblait amusant. J'espère arriver à t'oublier
> rapidement. Toutefois, si pour une raison ou pour une
> autre tu préférais que je ne t'oublie pas, tu peux me
> contacter à cette adresse et à ce numéro : (…) Mais je
> ne crois pas que tu vas le faire, alors je te dis adieu.*
>
> *Sébastien*

Il a tenu parole et n'a plus remis les pieds dans notre
établissement. (Et je me ferais sans doute virer comme une
malpropre si le boss apprenait que j'ai fait fuir un de nos seuls
clients réguliers.) En ce qui me concerne, il avait raison : je
n'avais aucune envie de le dissuader de m'oublier. N'eût été
cette Idée du Siècle nécessitant sa participation (passive mais

essentielle), il y a fort à parier qu'il y serait déjà parvenu. À la place, j'ai bien peur d'avoir ravivé sa flamme. Oui, je me sens un peu coupable, mais c'était un cas de force majeure, comme on dit. De toute façon, il aura tout le loisir de m'oublier pour de bon quand je serai à Bird-in-Hand.

11. L'Idée du Siècle (première partie)

On brainstormait, donc, enchaînant les idées foireuses et les plans douteux à une vitesse folle, quand le voisin, qui répond toujours présent quand vient le temps de fourrer son grand nez dans nos affaires, a laissé tomber, comme ça : « Man, je l'ai : vous pourriez financer votre voyage en le racontant dans un journal ou une revue. Bruno Blanchet fait le tour du monde depuis presque dix ans et il paye ses billets d'avion en écrivant une chronique chaque semaine dans *La Presse*… » Sur le moment, on n'a pas relevé – on n'écoute jamais vraiment quand le voisin parle –, mais, plus par désespoir qu'autre chose, j'ai profité d'un silence pour réfléchir quelques secondes à son idée, et j'ai dû admettre qu'il y avait là quelque chose à creuser. Me faisant violence, je prononçai cette improbable phrase : « Jude, je pense que cet imbécile heureux a dit quelque chose de pas si bête. »

Le voisin : Quel imbécile heureux ?

Jude : Qu'est-ce qu'il a dit ?

Moi : Cette idée de vendre le récit de notre voyage à une publication…

Jude : Tu crois que le *National Geographic* va dérouler le tapis rouge ? Qu'ils vont acheter à deux nobodies un grand reportage sur la Pennsylvanie rurale ?

Le voisin : Mais Bruno Blanchet…

Jude : Bruno Blanchet est connu.

Le voisin : Pas tant que ça.

Jude : On aurait davantage de chances en écrivant un livre. Les maisons d'édition publient des débutants.

Moi : Euh… sans doute, mais il me vient deux objections assez sérieuses.

Jude : Comme ?

Moi : Eh bien, premièrement, me semble que ça serait mettre la charrue devant les bœufs. Pour soumettre notre récit de voyage à un éditeur, il faut d'abord l'écrire, et pour ça il faut – de préférence – avoir fait le voyage. Et c'est justement pour partir qu'on a besoin d'argent.

Jude : On peut demander une avance.

Moi : Oui, c'est ça, on va débarquer dans le bureau du grand patron de… je sais pas… mettons Québec Amérique, et on va lui dire : « Bonjour, nous sommes Tess et Jude. Nous aimerions aller en Pennsylvanie, mais nous sommes fauchés comme les blés. Vous seriez vraiment un chic type, le sel de la terre, si vous acceptiez de nous faire un chèque de quinze mille dollars en échange des droits sur le livre que nous comptons écrire au retour. Qui sait, avec un peu de chance vous arriverez peut-être à en vendre deux cents. »

Jude : Ouais, présenté comme ça… Et c'était quoi ta deuxième objection ?

Moi : Plus personne ne publie de récit de voyage de nos jours.

12. Un genre moribond

Jadis, les gens disposaient de peu de loisirs et voyageaient presque toujours dans un but bien précis, le plus souvent mercantile ou guerrier. Ainsi, jusqu'à la Renaissance, les récits de voyage relatent des campagnes militaires (César et ses *Commentaires sur la guerre des Gaules,* par exemple) ou des « voyages d'affaires » (Marco Polo et son *Devisement du monde*). Pétrarque est sans doute le premier, en 1336, à raconter dans un livre une expédition purement « touristique », avec le récit de son ascension du mont Ventoux. Ce n'est toutefois qu'un siècle plus tard que la littérature de voyage connaîtra une véritable explosion, grâce à deux faits sans rapport entre eux : l'invention de l'imprimerie, qui démocratisera le livre, et la découverte du Nouveau Monde. *La conquête du Mexique,* de Cortez, et plus tard les relations par Cook, Bougainville et La Pérouse de leurs voyages autour du monde seront de véritables best-sellers. Au xviiie et au xixe siècle, les plus grands auteurs se frotteront à ce genre polymorphe (prenant tour à tour la forme de l'essai, du carnet de route, de l'étude ethnographique, de l'autobiographie, de l'analyse politique ou du simple recueil d'anecdotes), signe qu'il avait acquis ses lettres de noblesse. Parmi les plus connus, mentionnons le *Voyage sentimental en*

France et en Italie, de Laurence Sterne ; le *Voyage en Hollande,* de Diderot ; l'*Itinéraire de Paris à Jérusalem,* de Chateaubriand ; *Mémoires d'un touriste,* de Stendhal ; *Par les grèves et les champs,* de Flaubert et Maxime Du Camp, ainsi que le célébrissime *La démocratie en Amérique* de Tocqueville. Il y eut encore quelques réussites éclatantes dans la première moitié du XXe siècle (*Tristes tropiques,* de Lévi-Strauss), mais le genre déclina rapidement par la suite. Les progrès dans les transports et les communications ont rendu le voyage banal. Aujourd'hui, tout le monde peut aller partout ou, à défaut, tout le monde peut mémérer ce qui se trame à Rio de Janeiro ou à Fort Myers, et chacun peut savoir, pourvu que cela l'intéresse, que Jason Parrish Casebier, domicilié au 2219, Florence Boulevard, à Omaha (Nebraska), a été condamné pour « rape felony » le 25 novembre 1995.

13. L'Idée du Siècle (suite et fin)

Jude : Dans ce cas, on a juste à inscrire « roman » sur la couverture et tout le monde n'y verra que du feu. On appelle n'importe quoi « roman », de nos jours.

Moi : C'est vrai. Mais ma première objection tient toujours : aucun éditeur ne va accepter de verser une grosse avance à des auteurs inconnus. En fait, on n'est pas seulement des auteurs inconnus, on n'est pas des auteurs du tout.

Jude : Bah ! Un tour de main à prendre, comme tout le reste. Mais tu dis vrai : les maisons d'édition feraient faillite si elles signaient des chèques à tous ceux qui prennent la peine de le demander gentiment.

Moi : Une autre idée à biffer, donc. C'est dommage : je l'aimais bien, celle-là.

Le voisin : Vous pourriez demander une subvention. Le gouvernement donne plein d'argent aux artistes. Après ça, on se demande pourquoi qu'on est dans le trou…

C'est à ce moment précis que j'ai cessé de considérer le voisin comme un simple demeuré pour le voir plutôt comme l'un de ces fols en Christ qui pullulaient dans l'ancienne Russie ; ces idiots du village qui, de loin en loin, étaient touchés par la grâce divine et pouvaient alors en boucher un coin aux plus grands savants. En tout cas, à l'instar de la fameuse horloge arrêtée, il venait de donner l'heure juste deux fois dans la même journée, ce qui constitue sans l'ombre d'un doute son record personnel.

Jude : Non, ça marchera pas.

Moi : Pourquoi ?

Jude : Parce que le gouvernement donne des bourses seulement aux artistes établis.

Moi : T'es certain ?

Jude : On ira vérifier les critères d'admissibilité, par acquit de conscience, mais je suis pas mal sûr à cent pour cent.

Moi : Fuck !

Le voisin : Si vous connaissiez quelqu'un qui écrit des livres, vous pourriez mettre ça à son nom…

Jude : Un prête-nom…

Ça a percuté en même temps dans nos deux petites têtes. J'ai commencé par protester, mais pas trop fort, et uniquement pour la forme, pour me dédouaner aux yeux de ma conscience, qui heureusement n'est pas trop difficile à contenter.

Moi : Non, je peux pas lui demander ça.

Jude : Pourquoi ?

Moi : Il essaie de m'oublier. Il m'a peut-être déjà oubliée.

Jude : Je gagerais que non.

Moi : Et puis de toute façon…

Jude : De toute façon quoi ?

Moi : De toute façon, il tient sans doute à sa réputation d'auteur. C'est vaniteux, un écrivain. Même aveuglé par l'amour, il acceptera jamais qu'un roman écrit par deux amateurs paraisse sous son nom.

Jude : Qui parle de « paraître » ? C'est ça le beau de l'affaire avec les bourses du gouvernement : il n'y a aucune obligation de résultat. J'imagine qu'il va falloir prouver qu'on a réellement écrit un roman et qu'on a tenté de le faire publier, mais ça m'étonnerait qu'ils exigent un remboursement si on échoue. On n'a qu'à écrire ça à la diable, en deux jours, et ensuite l'envoyer à une maison pas très portée sur les nouveaux talents. Boréal, genre. Comme ça, ça nous fera une lettre de refus à exhiber comme preuve de notre bonne foi.

Moi : Ouais… j'imagine que c'est jouable. En tout cas, c'est ce qu'on a trouvé de mieux.

Jude : Jouable ? Voyons, c'est carrément l'idée du siècle !

Le voisin : Moi j'aimais mieux l'idée du salon de massage. Me semble que c'est moins forçant faire des branlettes que d'écrire un livre. Je vous ferais de la pub, en plus…

Moi : Tiens, il est redevenu l'idiot du village.

14. Le prête-nom

La moindre des choses, avant d'aller solliciter Sébastien, était de vérifier s'il n'y avait pas moyen de faire autrement. Je me suis donc rendue sur les sites du Conseil des Arts du Canada et du Conseil des arts et des lettres du Québec, les deux principaux organismes gouvernementaux auprès desquels les artistes peuvent téter du fric, afin de jeter un œil sur les critères d'admissibilité. Jude avait raison : il faut d'abord avoir le statut d'artiste avant d'espérer recevoir un seul dollar de ces gens-là. Selon le CALQ, le terme « artiste » se définit en quatre points. L'artiste est une personne qui :

1. *Se déclare artiste professionnel.* (Jusqu'ici tout va bien : « Mon nom est Tess et je suis une artiste professionnelle. » Première condition remplie, et les doigts dans le nez à part ça !)

2. *Crée des œuvres ou pratique un art à son propre compte ou offre ses services, moyennant rémunération, à titre de créateur ou d'interprète, notamment dans les domaines sous la responsabilité du Conseil des arts et des lettres du Québec.* (Ici, c'est le « ou » qui me sauve, car mettons que « pratiquer un art à son compte » ne veut pas dire

grand-chose. À la rigueur, chanter sous la douche entre dans cette catégorie. Après deux conditions, je suis donc toujours dans le coup, touchons du bois.)

3. *A une reconnaissance de ses pairs.* (Ouais, reste à définir « pairs »…)

4. *Diffuse ou interprète publiquement des œuvres dans des lieux et/ou un contexte reconnus par les pairs.* (Là, ça devient difficile de jouer sur les mots. Je ne pense pas avoir jamais diffusé quoi que ce soit publiquement. Zut !)

Pour ce qui est du Conseil des Arts du Canada, il nous enlève tout espoir dès le départ, en stipulant que pour être admissible à une bourse il faut déjà avoir au moins une œuvre publiée. Il classe les auteurs en trois catégories : l'écrivain en début de carrière, qui doit avoir publié un ouvrage littéraire et qui est admissible à une bourse maximale de mille deux cents dollars ; l'écrivain à mi-carrière (de deux à cinq ouvrages publiés, bourse maximale de vingt-cinq mille dollars) ; et l'écrivain établi (au moins six ouvrages publiés, bourse maximale de vingt-cinq mille dollars). Il applique les mêmes distinctions dans les autres formes d'art, y compris dans le programme de subventions aux professionnels autochtones de la danse. Ainsi, pour ceux que ça intéresse, un danseur autochtone à mi-carrière peut aller chercher jusqu'à vingt mille dollars pour un projet de développement ou de recherche.

Bref, on allait réellement avoir besoin d'un prête-nom. Heureusement, j'avais conservé la lettre de Sébastien renfermant ses coordonnées. (Après tout, c'était la première – et assurément la dernière – lettre d'amour que je recevais.) J'ai branlé un peu dans le manche à savoir si je devais l'appeler ou lui écrire, pour

finalement choisir cette dernière option. Ça lui laisserait le loisir
de ne pas me répondre s'il ne voulait rien savoir.

> *Sébastien,*
>
> *Je ne veux surtout pas te dire comment mener ta barque, mais il me semble que tu t'y prends de la mauvaise manière pour te guérir de ton absurde engouement pour moi. En me gardant à distance, ce qui va arriver c'est que tu vas te mettre à m'idéaliser, à t'imaginer plein d'affaires sur mon compte, à t'inventer des conversations entre nous deux avant de t'endormir, dans lesquelles tu me prêteras ton esprit. Et ne dis pas non : vous autres, les artistes, vous êtes bons là-dedans. Non, vraiment, la meilleure façon de se dégoûter de moi, c'est encore de me fréquenter. En tout cas je pense que ça vaut la peine de tenter l'expérience. Tu fais quoi, demain soir ? As-tu le goût de prendre une bière en ma compagnie ? Prière de ne pas répondre, ça te laissera le loisir de changer d'idée à la dernière minute. Moi, je serai Chez Véro à partir de huit heures.*
>
> *Tess.*

Je me suis pointée Chez Véro une heure à l'avance, histoire
d'avoir le temps de m'en descendre une avant l'arrivée de
Sébastien. Je n'avais pas trop réfléchi à la manière dont
j'amènerais ma requête, mais je commencerais toujours par lui
demander s'il avait quelque chose sur le feu. Après tout, *La mort
du ptérodactyle* remontait à 2006 (ses huit lecteurs devaient
montrer des signes d'impatience), et s'il avait un projet en cours
pour lequel il comptait demander une bourse, cela rendrait notre
plan caduc. Il est arrivé pile à l'heure, je lui ai fait signe et il est
venu me rejoindre à ma table. Il semblait embarrassé, comme il

arrive sans doute toujours quand on revoit quelqu'un à qui on a écrit une lettre d'amour. Déjà qu'en temps normal, ce n'est pas précisément un gars décontracté, là il faisait carrément pitié. Il évitait de croiser mon regard et décollait l'étiquette de sa bière pour se donner une contenance. Je faisais mine de ne pas remarquer son malaise et j'alimentais la conversation du mieux que je pouvais. « T'es déjà venu Chez Véro ?

– Euh… non, je pense pas.

– T'es plus du genre Café de la Voûte…

– En fait, je suis pas trop sorteux. Des fois, avec les gars de la shop, on va Chez Tonio.

– Et vous jasez du problème du temps chez Paul Valéry ?

– Ça a jamais adonné, non.

– Au fait, pour lequel de nos concurrents tu nous as trahis ?

– Hein ?

– Où tu bouffes depuis que tu boycottes le Subway ?

– Ça dépend. Auger, la plupart du temps.

– Bon choix, mais ils servent pas de sous-marins.

– Ça va te surprendre, mais je me nourris pas uniquement de sous-marins.

– C'est pourtant faisable, t'sais comme le gros mongol dans les anciennes annonces ?

– Jared ?

– Je me serais jamais souvenue de son nom ! »

Notre dialogue s'est traîné comme ça, cahin-caha, pendant une bonne heure, aucun de nous deux n'osant aborder le sujet qui lui tenait à cœur. Mais je voyais bien qu'il rassemblait son courage pour aborder le sien, et que chaque gorgée de bière le rapprochait du moment où il oserait me parler de ses sentiments. Voulant à tout prix éviter d'en arriver là, je lui ai coupé l'herbe sous le pied en déballant mon sac la première : « Au fait, Sébas, t'as quelque chose sur le feu en ce moment ?

– Sur le feu ?

– Je veux dire : as-tu un projet littéraire en cours ?

– Non.

– Ouin, je sais, les auteurs aiment pas trop parler de leurs projets.

– J'ai pas de projet.

– T'écris plus ?

– Non.

– Pourquoi ?

– Parce que j'y crois plus.

– Tu y crois plus ?

– C'est ça.

– Mais toutes tes études en littérature…

– On n'apprend pas à devenir écrivain sur les bancs d'école, t'sais.

– On devient pas non plus docteur en littérature pour fabriquer des chaloupes au salaire minimum.

– On fait pas des chaloupes, chez Doral, on fait des yachts et des croiseurs. Et je suis payé quinze piastres de l'heure.

– S'cusez-pardon… Et c'était ça ton but, pendant tes hautes études, revenir à Grand-Mère pour y fabriquer des croiseurs ?

– Non, je voulais devenir prof de littérature à l'université.

– Qu'est-ce qui t'as fait changer d'idée ?

– Ça non plus, j'y crois plus.

– T'es drôle avec tes croyances, toi ! Ça gagne combien par année, un prof d'université ?

– Cent vingt mille en haut de l'échelle. Quelque chose comme ça.

– Juste le triple ou le quadruple d'un faiseux de chaloupes… pardon : de croiseurs. Au fait, tu y crois, aux bateaux ?

– Oui, ça sert à quelque chose, les bateaux.

– Et la littérature ?

– Non, à rien. »

Il avait cessé de jouer après l'étiquette de sa grosse 50 et me regardait d'un air de défi. La conversation devenait intéressante et, en temps normal, je me serais fait un plaisir de lui rabattre le caquet, mais je devais demeurer concentrée sur mon objectif, alors j'ai sauté du coq à l'âne et je lui ai dit : « J'ai un service à te demander. » Il a poussé un soupir, mais à peine perceptible, juste pour me signifier que ça ne le surprenait pas, qu'il se doutait bien que je n'étais pas là pour ses beaux yeux. « Quel genre de service ?

– Un service littéraire, tu penses bien.

– T'as un travail de session à remettre et tu veux que je le mette en forme ?

– Non, rien de semblable : ça fait longtemps que j'ai pas mis les pieds dans une école et puis, sans vouloir t'insulter, je t'embaucherais jamais comme « metteur en forme ». En fait, j'ai juste besoin de ton nom.

– Mon nom ? Pourquoi ?

– Le mieux serait que je commence par le commencement. Pour faire une histoire courte, on veut aller à Bird-in-Hand mais on est cassés, ça fait qu'on a réfléchi à un moyen de…

– « On » ? C'est qui « on » ?

– Jude pis moi. Comme je disais, on veut aller à Bird-in-Hand et…

– Jude, c'est ton chum ?

– Qu'est-ce que ça vient faire dans l'histoire ? Écoute, j'ai deux quilles dans le système, donc un litre et demi de bière. J'ai déjà de la misère à rassembler mes idées, j'en viendrai pas à bout si tu m'interromps à chaque phrase.

– Explique-moi seulement qui est Jude et après ça je me la ferme.

– Bon, OK… comment je te dirais bien ça ? Dans ta lettre, tu écrivais que tu étais amoureux de moi, non ?

– Euh… bin… oui…

– Tu savais que le corps humain est composé de quatre-vingts pour cent d'eau, ou à peu près ?

– Je te suis pas.

– Eh bien, quand on parle de « Tess », c'est surtout d'eau qu'il est question. Si tu prétends être amoureux de moi, c'est principalement de la flotte que tu aimes.

– C'est une façon originale de voir les choses. Et plutôt stupide, si je peux me permettre. Mais je te suis vraiment pas.

– En clair : si tu es amoureux de quelqu'un, tu es amoureux de la personne en entier, tu ne fais pas dans le détail. Si tu es amoureux de moi, tu l'es de mon oreille droite, de mon menton, de mon nez. Tu ne peux pas dire : « Je suis amoureux de Tess, excepté son nez. »

– Non, évidemment. D'ailleurs ton nez est magnifique.

– Pousse, mais pousse égal. Là où je voulais en venir c'est que Jude fait partie de moi autant que mon oreille droite, que mon nez et que mes cinq-six gallons d'eau…

– Donc, je serais amoureux de ce Jude…

– Euh… bin oui ! C'est ça. Là, est-ce que je peux te demander mon service ?

– Vas-y. Je viens d'apprendre que j'étais en amour avec un type dont j'ignorais l'existence, après ça je suis prêt à tout entendre.

– Je reprends : Jude et moi, on veut aller à Bird-in-Hand…

– C'est où, ça ?

– Pennsylvanie, comté de Lancaster.

– Pourquoi vous voulez aller là ?

– Pour parler franchement, on n'est pas certains de le savoir. Ma théorie personnelle, c'était qu'on veut partir parce qu'on est malheureux, mais Jude prétend qu'on est trop insignifiants pour être malheureux.

– Bah ! Même les chiens peuvent être malheureux…

– Ouais, sans doute, mais pour un gars qui avait promis de ne plus m'interrompre…

– Désolé. Je dis plus rien.

– Bon, prise huit : Jude et moi on veut aller à Bird-in-Hand – sans aucune raison valable, mais on y tient – et, comme je disais, on est pauvres : je fais des sous-marins et lui ne fait rien du tout. On s'est creusé la tête pour essayer de trouver un moyen de faire apparaître quinze mille dollars, mais on est trop lâches pour donner un coup de collier, on est trop impatients pour économiser, on est trop pleutres pour dévaliser une banque et on est trop cons pour monter une arnaque, ça fait qu'on a décidé de se tourner vers l'État…

– Ils donnent déjà du fric aux lâches, aux pleutres et aux cons…

– Je parle pas du BS, je parle d'une subvention. Une bourse d'aide à la création, pour être précise.

– Création littéraire ?

– Oui, on va écrire le récit de notre voyage et le proposer aux maisons d'édition, mais le problème c'est que, pour être éligible à une bourse, il faut déjà avoir un titre publié. Toi, tu en as deux – ce qui, en passant, fait de toi un écrivain à mi-carrière –, alors je me suis dit…

– Tu voudrais que je fasse la demande de bourse pour toi ?

– Même pas, on se charge de tout, on a seulement besoin de ta permission pour utiliser ton nom. En fait, la seule démarche que tu vas avoir à faire, ça va être d'encaisser le chèque et de nous remettre l'argent.

– Personne t'as jamais dit que t'étais une fille bizarre ?

– C'est arrivé une couple de fois. Mais c'est quoi ta réponse ?

– Bin… oui, pourquoi pas ? À la seule condition de ne pas envoyer votre manuscrit à mon ancien éditeur.

– Non, OK. Mais, sinon, t'es vraiment d'accord ?

– Oui, je m'en fous, si ça peut te rendre service…

– Évidemment, on va te faire lire notre manuscrit avant de l'envoyer.

– C'est pas nécessaire.

– Quoi ! Ça te ferait rien qu'un livre que t'aurais même pas lu paraisse avec ton nom sur la couverture ?

– Non, ça m'amuserait plutôt. Mais de toute façon ils vont vous le refuser.

– Ouais, Jude disait qu'on n'avait pas à se rendre jusqu'à l'étape de la publication pour avoir une bourse. Mais comment tu peux être certain d'avance ?

– Ils refusent presque tout le monde.

– Presque…

– Les éditeurs publient à peu près un pour cent des manuscrits qu'ils reçoivent par la poste. Mais comme tu disais : ça n'a pas d'importance, du moment que vous faites ça pour la bourse.

– Non, ça n'a pas d'importance. »

15. Chacun ses caprices

Il a insisté pour me raccompagner jusqu'à ma porte. Je ne tenais pas trop à ce qu'il sache où j'habite, mais je ne voyais pas comment dire non. Avant qu'on se quitte, il a dit : « Maintenant que tu m'as demandé ton service, j'imagine que je te verrai plus la face.

— Mais non, voyons… on remettra ça. Quand tu veux.

— Tu me donnes ton numéro ?

— J'en ai pas, mais je vais voir mes mails souvent.

— Bon, OK… bonne nuit.

— Bonne nuit. »

Zut ! Voilà une chose à laquelle je n'avais pas songé : d'ici à ce que le cash soit entre nos mains, j'allais devoir me montrer gentille avec Sébastien. Je ne sais pas jusqu'où peut aller ma gentillesse à son égard, mais sûrement moins loin que ce qu'il espère. En fait, à cet instant, j'avais plutôt envie de l'étrangler. Mais pourquoi ? Il avait accepté de nous servir de prête-nom sans faire de chichi, il nous avait carrément sauvé la vie. Dans les circonstances j'aurais dû éprouver de la gratitude. Mais non, je lui en voulais. Oh ! Inutile de biaiser, je savais parfaitement d'où venait ma contrariété : de son « ils vont vous refuser ». Il avait énoncé ça comme une évidence, d'un air tranquille, sans une once de méchanceté dans la voix. Une simple constatation.

En me voyant arriver de si mauvaise humeur, Jude en a tout de suite déduit que le plan avait foiré, qu'on allait devoir se rabattre sur notre deuxième moins mauvaise idée (vendre un rein sur le marché noir ?), aussi me suis-je empressée de le rassurer : il n'avait pas à s'en faire, c'était dans la poche, on pouvait commencer à remplir le formulaire. Seulement, il y avait un petit changement au programme. Quel genre de petit changement ? Voilà : cette histoire de griffonner notre manuscrit sur le coin d'une table et de l'envoyer tel quel, tout croche et bourré de fautes, sous prétexte que tout ce qu'on voulait c'était une lettre de refus prouvant qu'on avait bel et bien soumis une œuvre littéraire à un éditeur, eh bien ça ne tenait plus, on allait faire un effort (au mot « effort » j'ai vu son visage se décomposer, mais je ne me suis pas laissé attendrir) et on allait écrire un vrai livre, un bon livre, assez bon du moins pour tomber dans le un pour cent qui sont acceptés, et l'année prochaine à la même date, on allait se retrouver dans le présentoir de Clément Morin, je lui en passais un papier. Il n'a pas rouspété, il savait que je ne changerais pas d'idée : comme tous les gens sans colonne vertébrale, je ne prends quasiment jamais de décision, mais les rares fois où ça m'arrive, je m'y cramponne contre vents et marées, et même contre le gros bon sens.

Le soir même, on a établi notre plan de match. Plutôt que de simplement relater notre voyage, le récit couvrirait également la période des préparatifs, comme ça on n'aurait pas besoin d'attendre d'être revenus de Bird-in-Hand pour s'atteler à la tâche. Je comptais m'y mettre dès le lendemain, et écrire tant que ça me viendrait, pour ensuite passer le relai à Jude, qui me le repasserait quand il tomberait à son tour à court d'inspiration. On uniformiserait le style et la mise en page lors de la réécriture. De fait, le lendemain, après avoir vaqué à mes petites occupations, je me suis préparé une théière, me suis assise devant l'ordi, ai lancé Microsoft Word (qui a pris sur lui d'intituler notre œuvre *Document 1,* mais ça ne restera pas de même) et j'ai entrepris de rédiger le récit que tu es en train de lire. Tu sais comment on appelle ça quand un auteur parle du livre qu'il est en train d'écrire dans son livre ? Une mise en abyme. Comme quoi il y a vraiment un mot pour tout. (On peut aussi écrire « abîme » comme ça, mais ça fait plus chic avec le « y ».) Mine de rien, j'en ai appris un bout sur les procédés d'écriture et les figures de style depuis une couple de semaines. Je sais même ce que c'est qu'une hyperbate. Et une hypotypose. (Cette dernière phrase était une hyperbate. Impressionnant, hein ?)

Au début, je ne me souciais pas de ces choses-là, j'y allais à la va-comme-je-te-pousse, adoptant pour seule règle de ne point faire chier mon lecteur (quand bien même serait-il une créature théorique), d'écrire des trucs que je pourrais avoir envie de lire si j'étais moi-même ce lecteur. D'instinct, je décidai de diviser mon texte en chapitres de longueurs variables, correspondant chacun à une séance d'écriture. Ce n'est qu'au bout du quatrième de ces chapitres que je commençai à douter, à me demander si cela était bien judicieux de m'instituer moi-même arbitre. Être à la fois juge et partie n'est jamais une position confortable. Je me disais que mes goûts personnels rejoignaient assez fréquemment ceux des professionnels de l'édition, puisque tous les bons livres que j'avais lus avaient préalablement été acceptés par un éditeur. Oui, mais les mauvais aussi. Pour prendre un exemple près de moi : si j'avais été membre d'un comité de lecture et que le manuscrit de *13 Mécanique* ou de *La mort du ptérodactyle* avait atterri sur mon bureau, aurais-je donné le feu vert ? Jamais de la vie ! Je me serais écriée : « C'est de la bouette ! Ça n'a ni queue ni tête ! » et je serais passée au suivant sur la pile. Et puis, avouons-le, ce n'est pas comme si je lisais des tas de livres québécois dans une année. Comment savoir, dans ces conditions, ce que les maisons d'ici entendent par un bon manuscrit ?

Je suis donc allée m'informer directement à la source. À tout seigneur, tout honneur, j'ai commencé par interroger le site des Éditions du Boréal (http ://www.editionsboreal.qc.ca/fr-index. php). Sur la page d'accueil on retrouve les sections « actualité » et « titres récemment parus », ainsi qu'une série de menus déroulants permettant d'accéder aux différentes rubriques (« historique », « équipe », « collections », « événements », « prix et mentions », « catalogue », « bios d'auteurs », etc.), mais rien à propos du genre de manuscrits recherchés. Ce n'est qu'au bout de longues minutes de tâtonnement que j'ai finalement déniché un court paragraphe sur le sujet, dans la foire aux questions : « Si vous désirez nous soumettre un manuscrit (toute œuvre de fiction – y compris romans policiers – ou essai*), vous pouvez soit le déposer en personne à nos bureaux, soit nous le faire parvenir par courrier (nous n'acceptons que les manuscrits papier, pas de disquette ni de pièce jointe par courriel). Dans les deux cas, nous vous remettrons un accusé de réception et acheminerons votre manuscrit au comité littéraire qui l'évaluera. Nous vous communiquerons la décision du comité dans les deux à trois mois suivant le dépôt du manuscrit. Prière de ne pas envoyer de documents originaux. »

À Québec Amérique (http ://www.quebec-amerique. com/), ils sont un peu plus avenants avec les auteurs en herbe.

---

* « Le Boréal n'accepte pas de manuscrits dans les genres suivants : poésie, théâtre, romans de science-fiction ou fantastiques, livres pratiques ou ésotériques. » Pas de science-fiction, c'est noté. Mais encore ?

Premièrement, il y a un lien pour la section « manuscrits » sur la page d'accueil, et ils se donnent la peine de nous expliquer gentiment pourquoi ils s'apprêtent à nous refuser : « L'an dernier, Québec Amérique a reçu, toutes catégories confondues, quelque 800 manuscrits et projets. (…) Quand on sait qu'à peine 4 % de ces propositions seront retenues pour publication, il est peut-être inutile d'insister sur l'importance pour les auteurs de mettre toutes les chances de leur côté. » Suivent quelques recommandations relatives à la présentation matérielle des manuscrits (supports électroniques interdits, recto seulement, interligne raisonnable, etc.), mais, là encore, rien sur les qualités littéraires recherchées. Même chose chez VLB, qui veulent des manuscrits paginés mais non reliés, recto seulement, sur papier huit et demi sur onze et qui ajoutent, sentencieusement : « Tout manuscrit ne respectant pas ces consignes se verra automatiquement refusé et sera détruit. » Pour ce qui est des genres privilégiés, ils tiennent sensiblement le même discours que leurs confrères de Boréal : « Le groupe Ville-Marie Littérature publie principalement des romans, de la poésie, des essais, des témoignages, ainsi que des nouvelles et des biographies de personnages célèbres. » Grands dieux, cela va de soi : quel crétin irait écrire la biographie d'une personne inconnue ? Au Marchand de feuilles (www.marchanddefeuilles. com) ils sont beaucoup plus coulants. Pas un mot au sujet de la pagination et des interlignes, et ils acceptent même les manuscrits par mail. De plus ils se montrent ouverts à la relève : « Marchand de feuilles est toujours en quête de nouveaux auteurs et illustrateurs. La maison est ouverte à tout projet innovateur. » Parlez-moi de ça ! Ils concluent sur un jovial « Au plaisir de vous lire ! » Bon, ça n'est pas tellement plus éclairant, par contre ça a le mérite d'être chaleureux. Chez HMH (www.editionshurtubise.com), ils ont à peu près les mêmes exigences de base que les précédents quant à la forme, mais sont également muets quant au fond. (Toutefois, si on se donne la peine d'étudier leur catalogue, on constate qu'ils ont un faible pour les professeurs de français à la retraite donnant dans la saga historique en dix-huit tomes.)

Allons maintenant faire un tour chez les éditeurs de la Vieille Capitale. Au Septentrion (www.septentrion.qc.ca), ce sont de vrais maniaques : dans la section « soumettre un manuscrit », on trouve un lien vers un fichier PDF de six pages détaillant tous leurs désidératas, dont voici quelques exemples : « Ne pas justifier son texte » ; « Les mots critiqués et les néologismes sont mis entre guillemets français (ex. : « alternative »)» ; « Utiliser les sauts de page, et non une suite de retours à la lignes » ; « Lorsque la citation est introduite par les deux points, la phrase principale conserve sa ponctuation, même si la citation elle-même se termine par les points de suspension, les points d'exclamation ou d'interrogation » ; « Il est important de bien distinguer le toponyme naturel du toponyme administratif » ; « Il ne faut pas insérer les images dans le texte, mais insérer le numéro de l'illustration à l'endroit prévu », etc. Je me demande s'ils ont, à ce jour, reçu un seul manuscrit adéquat. À L'instant même (www.instantmeme.com) ils sont infiniment moins sévères, mais ils ne veulent tout de même pas se faire passer n'importe quoi. Par exemple, ils n'acceptent rien en bas de cent pages, c'est-à-dire plus ou moins 184 000 caractères, espaces compris, précisent-ils. (Ça devrait aller tout seul : j'en suis déjà à 112 000 !) Alto (www.editionsalto.com) non plus ne demande pas la lune : on veut des manuscrits reliés, à la présentation soignée, accompagnés, si possible, d'un bref synopsis de l'œuvre. De plus, à l'instar du Marchand de feuilles, on accepte les manuscrits sur support électronique. (Parlant de ça : Les Intouchables [www.lesintouchables.com] ne veulent quant à eux rien savoir du papier, ils exigent de recevoir leurs manuscrits par mail, cela dans un souci de préservation des forêts. Si on me demandait mon avis, je dirais qu'ils trouvent d'autres façons de polluer.)

16. Mon Yoda à moi

Bref, toutes les maisons d'édition ont leurs préférences quant à la présentation des manuscrits qu'ils reçoivent, mais pour ce qui est du contenu, ils laissent ça à notre entière discrétion. (Pourtant, si j'étais éditrice, il me semble que j'aurais plutôt tendance à dire : «Présentez ça comme vous voulez, pourvu que ça soit lisible, vous pouvez même y aller au stylo si vous avez une belle main, mais soyez avisé que tout manuscrit relatant les aventures d'un trentenaire noyant sa peine d'amour dans un quelconque bar du Plateau-Mont-Royal sera envoyé directement à la déchiqueteuse.») J'en ai conclu que si je voulais obtenir des tuyaux sur l'art de plaire aux comités de lecture, j'allais devoir me trouver un mentor, quelqu'un qui connaissait le tabac, qui pourrait faire pour moi ce que monsieur Miyagi a fait pour Daniel, Apollo pour Rocky, ou Yoda pour Luke Skywalker. Quand je m'en suis ouverte à Jude, il m'a répondu que le choix n'était pas très difficile puisque le seul écrivain publié que je connaissais était Sébastien, mais hein, plutôt mourir que de lui quêter des conseils. Je ne tenais pas à lui donner une occasion de pontifier et, surtout, je ne tenais pas à ce qu'il soit au courant de mes ambitions. De toute façon, son enseignement ne pouvait m'être d'aucune utilité, n'ayant aucune intention d'écrire de la schnoute expérimentale. Je me suis plutôt tournée vers notre mentor à tous, Google, et je lui ai demandé sans détour : «Comment se faire publier ?» Les trois ou quatre premières pages de résultats renvoyaient à des articles parus dans des revues françaises, à des sites consacrés à l'autoédition et à des forums sur lesquels des gens inconnus au bataillon donnent des astuces infaillibles pour devenir écrivain à succès. Ce n'est que vers la cinquième page que le nom, vaguement connu, de Marc Fisher est apparu pour la première fois, le site Amazon.fr faisant la promotion de son livre *Le métier de romancier suivi de Conseils pour être publié et de L'Art du suspense chez Mary Higgins Clark*. Tout ce que je savais alors au sujet de ce Marc Fisher était qu'il faisait partie du club sélect des écrivains québécois vivant de leur plume, qu'il avait décroché la timbale au tournant des années 2000 avec un petit roman philosophique intitulé *Le millionnaire* – lequel avait été traduit en plusieurs langues et avait connu un joli succès de vente aux États-Unis – et que, depuis, il tentait sans vergogne d'étirer la sauce en multipliant les suites à cet ouvrage. J'ignorais par contre qu'il avait donné dans la théorie littéraire. L'accroche du bouquin se lisait comme suit : «Le métier de romancier a toujours fasciné. Dans ce petit ouvrage truffé d'observations pertinentes, Marc Fisher en raconte les splendeurs et les misères, révélant ainsi aux nouveaux écrivains ce qui les attend. Il donne aussi, avec le sens pratique que seule l'expérience peut conférer, de précieux conseils au romancier débutant qui est en quête d'éditeur ainsi qu'au romancier qui a déjà publié et qui est en quête de… lecteurs. Au passage, il relate avec humour toutes les difficultés qu'il a rencontrées avant de parvenir à faire publier ses œuvres à l'étranger (elles ont été traduites en plus de vingt-cinq langues) et il explique comment il a fait pour dénicher un agent international. Enfin, dans un opuscule étonnant, il analyse les procédés narratifs de la reine contemporaine du suspense, Mary Higgins Clark. Les trois petits essais de ce livre constituent une véritable mine de réflexions et de recommandations qui seront utiles autant au romancier en herbe qu'à celui qui a déjà publié et qui rêve de vivre de sa plume. »

Quelque chose me disait que je venais de trouver mon Yoda. Le soir même, je me rendais à Hélène-B.-Beauséjour afin d'emprunter *Le métier de romancier*. Je constatai alors que monsieur Fisher avait également publié, quelques années auparavant, un autre livre sur le même sujet, *Lettre à un jeune romancier,* que je pris également. Les esprits chagrins ne manqueront pas de souligner les nombreuses similitudes entre les deux œuvres, iront même jusqu'à dire que le second n'est, tout compte fait, qu'un démarquage du premier. Mais cela n'est vrai que si on s'attarde au contenu. Les couvertures, elles, ne se ressemblent pas du tout, celle des *Conseils à un jeune romancier* (publié par Québec Amérique) est brune, tandis que celle du *Métier de romancier* (Trait d'union) est d'un beau bleu azur. Et puis, pour peu que l'on soit du genre à couper les cheveux en quatre, il est effectivement possible de trouver des dissemblances entre les deux textes. Par exemple, dans *Conseils à un jeune romancier,* monsieur Fisher disserte plus longuement sur les techniques d'écriture (c'est pourquoi j'en ai fait mon principal ouvrage de référence), tandis que dans *Le métier de romancier,* il passe davantage de temps à narrer son parcours professionnel, et là je me retiens à deux mains pour ne pas t'en faire le résumé séance tenante. Mais cela serait une digression de plus, et mon maître n'aime pas trop les digressions. Voici ce qu'il dit, entre autres, à ce sujet : « Appuie sur l'accélérateur. Il faut que tu vives avec ton époque qui est celle, que tu le déplores ou non, de la vitesse. Proust, aussi génial fût-il, serait pour ainsi dire impossible aujourd'hui, avec ses phrases d'une demi-page, ses analyses interminables. (…) Évite les trop longues descriptions, qui sont d'ailleurs fastidieuses à écrire et que le lecteur impatient considère comme un pensum qu'il saute volontiers, malgré l'éclat de ton style. (…) Oui, appuie résolument sur l'accélérateur, comme un automobiliste ivre de vitesse. » (*Conseils à un jeune romancier,* page 104.) Mais j'ose croire qu'il me pardonnerait, pour cette fois, de prendre le chemin des écoliers, surtout si c'est pour parler de lui. De toute façon, il sera toujours temps d'élaguer à l'étape de la réécriture. Voici donc comment ce Lucien de Rubempré des temps modernes débuta dans la carrière des Lettres.

Il faut d'abord savoir qu'à l'origine Marc Fisher ne s'appelait pas Marc Fisher, mais tout simplement Marc-André Poissant, ce qui, avouons-le, n'est pas le nom le plus winner qu'on puisse imaginer. Son milieu social le destinant à exercer une profession libérale, il s'inscrivit au collège en droit sans trop se poser de questions, mais, dès la fin de l'adolescence, il savait qu'il ne deviendrait point avocat. Sa première passion fut la musique. Il apprit la guitare classique et se présenta même à l'examen du Conservatoire de musique de Montréal, qu'il échoua. Il se tourna ensuite vers les échecs, mais, malgré un certain talent, il était assez lucide pour savoir que les échecs ne sont une profession que pour quelques centaines de personnes dans le monde. Le métier de romancier s'imposa très tôt à son esprit et, avec la belle innocence de la jeunesse, il s'y lança à corps perdu, passant deux ans à plancher sur un roman intitulé *Silène.* Dès qu'il y eut mis le point final, il embaucha une dactylo pour le faire taper et l'envoya au Cercle du Livre de France, une maison fort en vogue à l'époque. Quelques semaines plus tard, il recevait une lettre de refus. Il en fut ébranlé, naturellement, mais il ne se laissa point décourager et envoya son manuscrit à un autre éditeur. Ce dernier, une relation de son père, accepta de le rencontrer pour lui faire part de la décision du comité de lecture. Cependant, de vive voix ou par lettre, le résultat était le même : l'éditeur déclara l'œuvre impubliable et son auteur entièrement dépourvu de talent. « Je n'ai pas de conseils à te donner, lui dit-il, mais je vais faire comme tout le monde, je vais t'en donner un… Ce que je vais te dire va peut-être te paraître dur sur le coup, mais avec le temps tu vas voir que j'avais raison. (…) Tu peux t'obstiner, évidemment… Mais à mon avis – et j'ai vu passer beaucoup de jeunes avant toi – tu perds ton temps… Tu n'as pas ce qu'il faut pour devenir romancier. » (*Le métier de romancier,* page 26.) Heureusement que monsieur Fisher a eu l'élégance de ne pas nommer cet éditeur. Imagine combien celui-ci doit se sentir idiot aujourd'hui !

Est-ce que Marc-André Poissant se laissa abattre par ces déconvenues ? Que nenni ! Il s'attela derechef à la tâche et entreprit d'écrire ce qui deviendrait son premier roman publié : *Paul Desormeaux, étudiant.* Dans l'intervalle, comme il fallait bien vivre, il trouva du travail comme réviseur dans une maison d'édition. Ses patrons, au courant de ses capacités de rédacteur, lui confièrent un jour une tâche de nègre : écrire « l'autobiographie » d'une chanteuse alcoolique convertie à la sobriété (qu'une fois encore il se garde de nommer). De ce petit ouvrage écrit en une soixantaine d'heures, il se vendit pas moins de quarante mille exemplaires. Un best-seller ! Ce beau succès eut l'heur de le faire rentrer dans les bonnes grâces de ses supérieurs qui, pour le récompenser, acceptèrent de lui donner une chance et de publier *Paul Desormeaux, étudiant.* Et, comme si ça n'était pas assez, la romancière Marie-Claire Blais, qui venait de remporter le prestigieux prix Médicis pour *Une saison dans la vie d'Emmanuel,* accepta de parrainer le livre, qui parut avec un bandeau portant la citation : « On découvre un talent d'écrivain qui naît. » (J'imagine que madame Blais la ramène encore avec ça chaque fois qu'elle a un verre dans le nez : « Ce n'est pas pour me vanter, les amis, mais c'est un peu moi qui ai découvert Marc Fisher… »)

Le livre se vendit à sept mille exemplaires, ce qui est tout à fait honorable, surtout pour un débutant. (Je serais étonnée qu'il se soit vendu beaucoup plus que soixante-dix exemplaires de *La mort du ptérodactyle*.) Plutôt que de s'asseoir sur ses lauriers et de s'installer dans une zone de confort, Marc-André décida de changer de genre et d'écrire un roman à suspense (*Le miroir de la folie*), dans lequel une jeune femme négligée par son mari prétend recevoir des appels anonymes et des lettres de menace, dont elle est en réalité l'auteure. Prise à son propre piège, elle se retrouve bientôt dans un asile d'aliénés. (Note à moi-même : demander à la madame d'Hélène-B.-Beauséjour de le commander.) Les ventes s'élevèrent cette fois à treize mille exemplaires. Toutefois, malgré ce succès, Marc-André n'était pas satisfait. Il savait qu'il n'avait pas trouvé sa voix, son style propre. D'ailleurs, les deux romans suivants furent des échecs. Avec le recul, il admet que ses premiers romans comportaient des défauts considérables et c'est pour éviter à ses lecteurs de commettre les mêmes maladresses qu'il a écrit ses deux petits traités de narratologie.

Mais comment Marc-André Poissant, jeune auteur inexpérimenté, devint-il ce demi-dieu des Lettres connu sous le nom de Marc Fisher ? Voici sa réponse : « J'ai connu des souffrances diverses, j'ai vécu des expériences intérieures (…) qui m'ont transformé radicalement, ont exalté mes facultés intellectuelles, mon imagination, mon pouvoir de concentration, ma sensibilité et ont fait de moi la personne que j'avais rêvé de devenir, ce romancier que je n'étais pas et que je ne serais jamais devenu sans cette mystérieuse transformation. » (*Le métier de romancier, page 30.*) Mais encore ? En quoi consistèrent ces souffrances diverses, ces expériences intérieures ? Monsieur Fisher jette un voile pudique sur ce pan de sa vie. (Voile qu'il lève cependant dans son livre *L'ascension de l'âme* [Éditions Un monde différent], en vente dans les bonnes librairies.) Tout ce qu'il nous en dit pour l'heure, c'est que ce fut le début du véritable voyage. « Oui, le plomb à la fin se transforme en or, comme l'eau fut changée en vin aux noces de Cana (…). » À la suite de cette transformation, il connut encore quelques années de tâtonnement, pendant lesquelles il fut tour à tour directeur littéraire, rédacteur et à nouveau nègre. Puis, à l'âge de trente-quatre ans, il écrivit *Le millionnaire.* On connaît la suite.

17. Les leçons du maître (« The force is with you, young Skywalker, but you're not a jedi yet. »)

L'enseignement de Marc Fisher est principalement constitué de conseils pratiques, immédiatement applicables. Il n'est pas du genre à se prendre la tête avec des histoires de schéma actantiel, et tu ne le verras jamais s'embourber dans des distinctions entre narrateur hétérodiégétique et narrateur homodiégétique. Il insiste plutôt sur le fameux « show don't tell » cher aux auteurs anglo-saxons (plutôt que de simplement dire que Lisette est jalouse, montre-la en train de péter une crise de jalousie), ainsi que sur la preuve romanesque (si, dès le premier chapitre, on apprend que Lisette est une femme jalouse, n'oublie pas de la faire agir en conséquence tout au long du récit). « Comment faire pour être publié ? » demande-t-il dans *Conseils pour être publié*. « Écrivez un bon roman ! » se répond-il du tac au tac. « Les éditeurs sont des abeilles : offrez-leur un manuscrit réussi, dont chaque page est un pétale odorant, captivant, profond et beau, et il est inévitable qu'ils interrompront leur vol distrait pour vous publier. » (*Le métier de romancier,* page 79.) C'est bien dit, hein ? C'est de même du début à la fin.

Il enchaîne en vilipendant ces « romantiques de la littérature » qui croient qu'un roman ne doit se plier à aucune règle, qu'il doit

« simplement surgir, magnifique et parfait, de la tête échevelée mais géniale de son créateur ». C'est beau l'inspiration, ce n'est pas lui qui va t'obstiner là-dessus, mais il ne faut pas oublier que Bach et Mozart ont eu des maîtres, et que Picasso et Rodin ont fait les Beaux-Arts, etc. Ce qui est bon pour eux l'est certainement pour toi, non ? Ceci posé, il consacre son premier chapitre au problème du personnage, car c'est de ce côté, semble-t-il, que les auteurs débutants commettent le plus grand nombre de bourdes. Bon, en ce qui nous concerne, on a un peu les mains liées puisque nous sommes nos propres personnages. On fait ce qu'on peut avec ce qu'on a, hein ? Je passe donc directement au chapitre suivant, dans lequel Marc dresse l'inventaire de ce qu'il se plaît à appeler les dix grandes qualités romanesques. À son avis, « plus vous insufflerez de ces qualités à votre roman, plus vous engrangerez du bonheur pour votre futur lecteur et plus vous aurez de chance d'être publié ». (*Le métier de romancier,* page 113.) Passons-les brièvement en revue, histoire de voir comment je m'en tire jusqu'ici.

Qualité 1 : *L'émotion.* Que cette qualité occupe le premier rang n'est pas innocent, car « un bon roman est avant tout une *expérience émotionnelle,* et non intellectuelle. Et rappelez-vous que si le destin de vos personnages ne vous émeut pas, il y a bien des chances qu'il laisse également le lecteur indifférent ». (*Le métier de romancier,* page 114.) Euh… est-ce que mon destin t'émeut, lecteur ? Non, je t'en prie, ne réponds pas à voix haute.

Qualité 2. *L'identification.* « Les romans possédant des personnages dans lesquels tout le monde se reconnaît deviennent généralement de grands succès. » Inutile de jouer à l'autruche : c'est mal parti. La bonne nouvelle, c'est qu'il reste huit qualités pour redresser la barre.

Qualité 3. *Le suspense.* « Qui dit suspense dit rythme enlevé, exposition minimale, texte serré, peu de descriptions et d'analyses psychologiques, des dialogues fréquents mais peu bavards, et surtout un grand nombre d'unités narratives, c'est-à-dire, essentiellement, d'événements. Lorsqu'il se passe peu de choses, l'attention chute. » (*Le métier de romancier,* page 115.) Microsoft Word m'affirme que ce texte atteindra bientôt les vingt-trois mille mots et il me semble que j'en suis encore à t'exposer notre cas, alors on repassera pour l'« exposition minimale ». Par contre, il faut me donner ça, c'est assez tranquille côté descriptions et analyses psychologiques. Pour ce qui est de ces satanées unités narratives, je ne peux que répéter qu'on fait ce qu'on peut avec ce qu'on a. Il s'est produit moins d'événements dans toute notre existence que dans un seul paragraphe de Dan Brown. Je ne ferai pas accroire qu'il nous arrive des affaires juste pour éviter que ton attention chute.

Qualité 4. *L'humour.* « Évidemment, être drôle – surtout sur commande – n'est pas facile, et c'est probablement un don, quelque chose qui ne s'enseigne pas aisément. (…) Pour le commun des mortels, être drôle sur commande est une exigence déraisonnable. » (*Le métier de romancier,* pages 115-116.) Me trouves-tu drôle, lecteur ? Pour ma part, je n'en sais rien. Je veux dire : Jude et moi sommes bon public pour nos niaiseries respectives, mais on a rarement l'occasion de tester notre matériel sur autrui. Annick, au Subway, semble me trouver impayable, mais elle est ricaneuse de nature. Et puis j'ai remarqué qu'elle me trouve surtout drôle quand je n'essaie pas de l'être. De toute façon, il est difficile de faire sa petite comique pour un lecteur encore théorique. Ne te connaissant pas personnellement, j'ignore si tu carbures à Lise Dion ou à Groucho Marx, à Marcel Gamache ou à Molière. Pour parer à toute éventualité, j'insère ici une blague qui, j'en suis convaincue, fera l'unanimité. Comme ça, tu auras au moins ri une fois en lisant ce récit.

Deux canards discutent au bord d'un étang.
« Coin ! Coin ! » dit l'un.
Et l'autre de rétorquer :
« Ça alors, c'est exactement ce que j'allais dire ! »

Qualité 5. *Le romantisme.* « Un roman dans lequel hommes
et femmes se côtoient pendant deux cents pages sans que la
moindre étincelle amoureuse jaillisse nous semble artificiel,
froid et incomplet. » (*Le métier de romancier,* page 116.)
Encore une fois, disons à ma décharge que je travaille avec
une matière plutôt ingrate. Si on fait abstraction de ceux qui ne
sont que mentionnés en passant (comme ma collègue Annick,
dont je te parlais à l'instant), ce récit ne compte que trois
personnages : 1. Jude et moi ; 2. Sébastien Daoust ; 3. le voisin
(et encore là, c'est plutôt un figurant). On ne va quand même
pas nouer une idylle avec le voisin uniquement pour que tu aies
ta dose de romance. (Beurk ! Rien que d'y penser j'en ai des
frissons.) Tiens, je tomberais plus volontiers amoureuse d'un
objet inanimé que du voisin. Ça se peut, tu sais, j'ai lu dans le
journal, l'autre jour, l'histoire d'un type en Australie qui s'est
pris d'une passion folle pour un parapluie, pas uniquement une
attirance sexuelle, comme dans le cas du fétichisme, mais d'un
véritable sentiment romantique. Il y a même un nom pour ça,
mais je l'ai oublié. Quand on dit que ça prend de tout pour faire
un monde, c'est pas des farces. Tiens, juste pour dire : sais-tu
ce que c'est que la dendrophilie ? C'est l'attirance sexuelle
pour les arbres. L'exobiophilie ? Ça, c'est quand tu en pinces
pour les extra-terrestres. Si tu es asthénéophile, c'est que tu es
excité par le fait d'être malade, si tu es émétophile, tu es excité
par le vomi, et si on s'est donné la peine d'inventer les mots,
dis-toi que c'est parce que ça correspond à une réalité. Les
gens n'ont l'air de rien quand tu les croises dans la rue, mais

il y a toute sorte de maniaques. Mais je pense que je m'égare un peu.

Qualité 6. *L'information.* «Chaque fois que votre roman apprend au lecteur des choses sur d'autres pays, d'autres cultures, des époques ou des milieux qu'il ne connaît pas ou qu'il connaît mal, vous marquez des points. Qui n'aime pas s'instruire tout en se divertissant?» Alors, là, tu n'as pas à te plaindre. Je parie qu'il y a deux minutes tu ignorais ce qu'était l'émétophilie. Il se pourrait que ça ne soit pas un mot que tu vas arriver à placer fréquemment dans la conversation, mais vaut mieux en savoir trop que pas assez, n'est-ce pas?

Qualité 7. *L'imagination.* «(…) pour donner du relief à une scène trop banale, replacez-la dans un décor inattendu. Par exemple, cet [*sic*] réunion d'affaires convenue qui se déroule dans la prévisible salle de conférence, situez-la dans un bain tourbillon ou au sommet d'une montagne. Une rencontre amoureuse qui a lieu dans un bar, comme tant d'autres? Empressez-vous de la situer dans une ambulance (…).» (*Le métier de romancier,* page 119.) Honnêtement, je crois que je n'ai aucune imagination. Petite, je me suis tirée de tous les mauvais pas (incartades, devoirs pas faits, etc.) grâce à un répertoire de trois ou quatre menteries, que j'ai resservies à toutes les sauces à mes parents, à mes professeurs et à ma conscience. Toutefois, sauf erreur de ma part, le présent «roman» est sans doute le premier à relater un périple à Bird-in-Hand. C'est au moins aussi original qu'une réunion d'affaires dans un bain tourbillon.

Qualité 8. *La structure.* «Lorsque votre œuvre est bien structurée, lorsque rien n'y est superflu, l'éditeur le sent et cela le prédispose favorablement à votre endroit.» (*Le métier de romancier,* page 120.) Ne s'applique pas au cas présent: ceci étant un récit de voyage, il serait difficile de s'en tenir à un plan.

Qualité 9. *La philosophie.* « Les œuvres qui nous font réfléchir restent avec nous plus longtemps car elles provoquent en notre être un remuement qui nous fait évoluer, comme si elles nous parlaient de nous et, surtout, de ce que nous pourrions devenir. » (*Le métier de romancier,* page 121.) Je suis assez lucide, lecteur, pour savoir qu'à ce stade il y a longtemps que tu ne comptes plus sur moi pour te révéler les finalités dernières de l'univers. Pourtant, au cégep, je pétais des scores pas possibles en philo, mais j'admets que ça prenait un débile profond pour n'en point péter. Je me souviens qu'on s'était longuement attardés sur les syllogismes (« Toutes les souris aiment le fromage ; Bobby aime le fromage. Que peut-on en déduire ? a) que Bobby est une souris ; b) que Bobby n'est pas une souris ; c) que Bobby est peut-être une souris ou peut-être pas. »), et sur les biographies de certains philosophes importants (Socrate était laid comme un pou, le papa de Spinoza fabriquait des lunettes, Nietzsche est mort à l'asile, Schopenhauer a légué tous ses biens à son caniche, etc.). Il nous arrivait également de nous obstiner sur des problèmes d'éthique sans intérêt (Un bateau coule, il y a vingt survivants, mais seulement dix places dans le canot de sauvetage. Sur quels critères se base-t-on pour les attribuer ?). Bref, les questions vraiment importantes étaient passées sous silence, et d'ailleurs je soupçonne mon prof de l'époque d'avoir été aussi clueless que sa femme de ménage quant aux grands mystères de l'existence, malgré son doctorat. Ça pour dire que j'avais beau me démerder comme une championne dans les histoires de souris qui aiment le fromage, je m'avoue impuissante à apaiser tes angoisses métaphysiques. Souviens-toi cependant que c'est moi qui t'ai suggéré de lire le *Livre M,* de Paule Doyon, dans lequel *tout* est expliqué. On peut donc dire que j'ai une passe sur le but.

Qualité 10. *Le style.* « Entre un conteur non dépourvu de maladresse et un impeccable styliste qui n'a rien à dire, le lecteur ordinaire choisira toujours le premier, dont il oubliera d'ailleurs rapidement les faiblesses pour s'absorber avec délice dans l'histoire. » (*Le métier de romancier,* page 124.) À lire ses deux traités, on comprend vite que le style est la bête noire de monsieur Fisher. Il se retient – de peine et de misère – de conseiller à ses disciples d'écrire comme des cochons, mais il ne perd pas une occasion de persifler les stylistes. Il oppose, par exemple, les Goncourt, ces tenants du « style artiste », à Zola et Balzac qui racontaient rondement, sans ornementation superflue, faisant remarquer au passage que plus personne ne lit les Goncourt et que leur nom serait oublié si Edmond n'avait pas eu l'heureuse idée de fonder un prix littéraire. En fait, il recommande simplement de ne pas perdre trop de temps avec ça, pour la simple raison que « le public n'a cure du style. Certes il veut plus ou moins consciemment une certaine correction, mais pour le reste il n'en a que pour l'histoire ». Et il enchaîne avec son argument massue : pour espérer vivre de sa plume, un auteur québécois doit viser le marché international, et le style ne survit pas à la traduction. Dans ces conditions, le mieux est de viser le style « invisible », qui s'efface au profit des personnages et du récit. Il cite le cas de la version anglaise de *Madame Bovary,* où il ne reste « plus rien du style inimitable du vieux maître, de sa phrase profonde et sonore ». Quel plouc, ce Gustave, de s'être donné tant de mal ! À quoi bon se forcer si c'est pour passer sous le radar des Américains ?

18. *Les biscuits aux fautes d'orthographe*

Cet exposé des dix grandes qualités romanesques ne représente bien sûr qu'une infime partie de l'enseignement de Marc Fisher, et si je m'y suis arrêtée c'est simplement pour te faire voir à quel point ce n'est pas gagné. Mais je ne désespère pas. Au pire tout ce qui précède m'aura servi de camp d'entraînement, à me donner le tour de main. Je peux aussi bien tout effacer et recommencer sur de nouvelles bases, et tu n'en sauras jamais rien. Enfin, on verra.

De tous les préceptes que le maître tente d'inculquer à son padawan (laisse faire le *Robert,* il ne sait pas ce que c'est, demande plutôt à Wikipedia), celui sur lequel il revient le plus fréquemment pourrait s'énoncer ainsi : « Frappez fort et frappez tôt ! » Les lecteurs modernes, nous explique le ci-devant monsieur Poissant, jugent souvent une œuvre à partir de son premier chapitre, et même de sa première page ou de sa première ligne. L'éditeur ne fera pas exception. Et qu'est-ce qui frappera son œil en premier ? Le titre, évidemment. C'est pourquoi on ne saurait trop insister sur l'importance du titre. « C'est en quelque sorte votre vitrine. Comment dire ce qui fait un bon titre ? Ce n'est pas évident. En général, privilégiez les titres courts plutôt que longs, mais il y a des exceptions célèbres. » (*Le métier de romancier,* page 130.) Voilà qui ne m'aide pas beaucoup, mais de toute façon je n'ai jamais aimé qu'on me mâche le travail. (Je n'oserais jamais répéter cette dernière phrase branchée à un polygraphe.) Après avoir lu ces lignes, j'ai corné la page et j'ai crié à Jude de venir me rejoindre au salon toutes affaires cessantes (ça tombait bien : il ne faisait justement rien du tout), pour une de ces séances de brainstorming dont on a le chic. «Ça nous prend un titre, lui ai-je annoncé.

– D'accord, moi je veux être duc.

– Arrête de faire le clown, je veux dire un titre pour notre livre.

– Ah. Je pensais que tu en avais déjà trouvé un.

– Non, pour le moment il s'appelle encore *Document 1,* mais ça c'est l'idée de Microsoft Word. On peut sûrement faire mieux.

– Ça presse pas.

– C'est vrai, mais si on remet toujours au lendemain, on va se ramasser à la veille de l'envoyer et il va encore s'appeler *Document 1.*

– Et ta sœur va encore nous accuser de procrastination.

– C'est de velléitaires qu'elle nous traite, mais j'avoue que ça revient un peu au même. Alors, as-tu une idée ?

– Euh… on pourrait consulter Dany Laferrière. C'est un pro des titres.

– Ouais, c'est vrai que *Je suis un écrivain japonais* et *Comment faire l'amour avec un nègre sans se fatiguer,* ça torche. Mais je gagerais qu'il les garde tous pour lui, on est égoïste dans ce milieu-là. Et puis on peut sûrement y arriver par nous-mêmes.

– T'as une idée, toi ?

– Qu'est-ce que tu penses de : *Les biscuits aux fautes d'orthographe* ?

– Qu'est-ce que ça veut dire ?

– Rien. C'est un rêve que j'ai fait. J'étais chez ma mère, mais pas où elle habite présentement, plutôt dans notre maison de la Septième, mais c'était pas vraiment notre maison de la Septième parce que dans mon rêve il y avait un sous-sol. Ma sœur était là, pis mon père aussi, même si mon père avait sacré son camp depuis longtemps quand on restait sur la Septième, mais anyway… À un moment donné, je suis allée dans la cuisine et il y avait des biscuits qui cuisaient au four. J'ai demandé à ma mère à quoi ils étaient et elle m'a répondu : « aux fautes d'orthographe ». J'ai oublié le reste du rêve, mais en me levant je me suis souvenu des biscuits aux fautes d'orthographe et je trouvais que la formule avait du punch. Me semble que ça ferait un bon titre. En tout cas, ça pique la curiosité.

– Mais ça n'a aucun rapport avec notre projet.

– So what ! Un rapport, on peut toujours en bricoler un après coup. Mais ce n'est même pas nécessaire : les titres pas rapport, ça fait artistique. Prend juste *Je chante le corps électrique,* de Ray Bradbury, ou n'importe quel titre d'Amélie Nothomb, ou encore *La mort du ptérodactyle,* de notre ami Sébas…

– Je trouve pas que *Les biscuits aux fautes d'orthographe,* ça fait artistique. Ça fait plutôt littérature jeunesse, catégorie cinq à huit ans.

– Donc, tu rejettes ma proposition ?

– Euh… tu m'avais pas dit que tu donnais des titres à tes chapitres ?

– Oui. Et alors ?

– Bin ça pourrait servir pour un titre de chapitre, à la rigueur.

– Ouais, OK. Mais est-ce que t'as mieux à proposer ?

– Pas pour le moment. Mais, t'sais, je pense qu'on n'arrivera à rien en brainstormant à froid, comme ça. On devrait y réfléchir chacun de notre bord et confronter nos idées plus tard. Ou mieux : on crée un fichier «titres» dans l'ordi, et dès qu'on a une idée on va l'écrire. Quand on en aura un bon tas, on fera le tri. Qu'est-ce que tu en penses ?»

J'ai admis que ça avait du bon sens et on a fait comme ça. Pour nous donner une partance, on s'est obligés à pondre chacun un titre, mauvais de préférence, pour que ça soit facile de faire mieux par la suite. J'ai inauguré le fichier avec *L'écuyère athée et le couteau aztèque* et Jude a enchaîné avec *Le post-it maléfique.* Oui, vraiment, ça peut juste aller en s'améliorant. Toi, lecteur, comme tu as entre les mains le produit fini, avec une belle couverture, un beau numéro ISBN et de beaux remerciements au Conseil des Arts, tu connais bien sûr déjà le titre qu'on aura choisi. Avoue qu'il casse des barreaux de chaise, notre titre ! Je n'ai aucune idée de ce que ça sera, mais je sais qu'on va trouver quelque chose de grandiose, je nous fais confiance.

19. *Une offre impossible à refuser*

Sébastien s'était apparemment laissé convaincre par ma théorie comme quoi la meilleure façon de vaincre son engouement pour moi était de me fréquenter. Non seulement nous avait-il redonné sa clientèle (prends ça, Auger!), mais il avait sensiblement augmenté sa consommation de sous-marins afin de passer davantage de temps en ma compagnie. Ce que l'amour fait faire, hein? Heureusement, sa timidité l'empêchait (pour le moment) de m'inviter à sortir. Il se contentait de coups de sonde assez discrets pour que je puisse me permettre de les ignorer. Cette histoire de prête-nom nous fournissait un sujet de conversation. Alors, ça avance, le chef-d'œuvre? À toute vapeur, mon gars, commence à te trouver quelque chose de brillant à dire pour quand tu vas passer au show de Lorraine Pintal. Et j'espère que t'as du linge propre, parce que tu peux pas aller dans les remises de prix habillé en gars de shop. Je cachais mes ambitions derrière un mur de blagues, je faisais mine de prendre ça par-dessous la jambe, sa surprise n'en serait que plus grande le jour où je lui agiterais sous le nez une lettre disant : «Oui, oui, monsieur Daoust, nous acceptons de vous publier, et deux fois plutôt qu'une. Vos ouvrages précédents étaient intéressants, si on veut, mais celui-ci est carrément génial. Contrat suivra par prochain courrier. »

Il s'impliquait toutefois un peu trop dans le projet à mon goût, allant jusqu'à se documenter sur Bird-in-Hand, tout plein d'une joie puérile quand il m'apprenait quelque détail sur la vie secrète des amish. Évidemment, je ne pouvais pas le rembarrer. Et puis je dois admettre qu'il s'est révélé utile quand est venu le moment de remplir notre formulaire de demande de subvention. Il était déjà passé par là et savait exactement ce que les gens qui siègent aux comités de sélection ont envie d'entendre, il connaissait les buzzwords qui allument les littéraires et savait créer cette profondeur factice à laquelle se laissent prendre même ceux qui ont vu neiger. Il faut lui donner ça : il sait écrire. S'il avait bullshité avec autant de panache dans ses œuvres, il se serait systématiquement retrouvé parmi les coups de cœur de Renaud-Bray. (Car qu'est-ce qu'un bon romancier, sinon un as de la bullshit ?) Je ne me lassais pas de relire la partie C (« Description du projet d'écriture ») de notre demande, avec ses références à Goethe, à Cormac McCarthy et à des inconnus, et ses beaux mots comme « intertextualité » et « paradigme ». Le pire c'est qu'il a bâclé tout ça à main levée, sans brouillon, sur une banquette du Subway. Bien entendu, toute ressemblance entre cette partie C et le manuscrit que je suis en train de rédiger ne pourrait être que le fruit du hasard, mais qui va s'en apercevoir ? Crois-tu vraiment qu'il y a des fonctionnaires au Conseil des Arts dont le travail consiste à parcourir les romans publiés pour vérifier s'ils sont conformes à la description faite lors des demandes de subvention ?

Bref, tout allait comme sur des roulettes jusqu'à ce que, à la veille de poster notre demande, on relise une dernière fois les conditions afin de nous assurer qu'il ne manquait rien à notre dossier. C'est là qu'on s'est rendu compte d'un détail qui nous avait échappé, à savoir qu'il fallait compter un délai de quatre mois à partir de la date limite des candidatures avant de recevoir une réponse. Comme on était à un mois de cette date, ça voulait dire cinq mois avant que le chèque atterrisse dans notre boîte aux lettres – enfin, dans celle de Sébas. Cela nous menait début août. Magasiner pour une voiture, réactiver nos permis de conduire (il faut passer un nouvel examen à la SAAQ quand ça fait trop longtemps qu'il est échu, on s'est informés) et faire nos préparatifs nous prendrait, estimions-nous, entre quinze jours et trois semaines. On pourrait donc se considérer chanceux si on arrivait à décoller avant le premier septembre. On essayait de voir le bon côté des choses (la Pennsylvanie doit être très belle en automne, et comme on serait hors saison on profiterait peut-être de prix avantageux et le restaurant serait moins achalandé), mais pour du monde comme nous autres qui n'a pas coutume de se projeter dans le futur (à quoi bon ? notre vie est aussi répétitive que les motifs d'un papier peint), le mois de septembre nous semblait incroyablement lointain. Quasiment une vue de l'esprit. Mais on n'avait pas trop le choix, hein ?

Considérant cela, Jude a proposé de revoir à la baisse le montant de notre bourse. Puisqu'on disposait de cinq mois avant notre départ, cela nous laissait le temps, à condition de faire preuve de rigueur, d'amasser un bon millier de dollars, peut-être davantage. De plus, en se montrant moins gourmands, on augmentait nos chances de recevoir une réponse favorable. En théorie, l'idée n'était pas mauvaise, mais je lui ai fait remarquer que la rigueur n'avait jamais été notre point fort. C'est alors qu'il a prononcé la phrase totalement invraisemblable que voici : « Ouais, mais si je travaille moi aussi, ça va se faire tout seul. » Je n'ai mis que quelques secondes à le convaincre qu'il s'agissait d'un mauvais plan (on n'allait sans doute pas m'accueillir à bras ouverts au Subway à notre retour, et jusqu'à ce que je me trouve autre chose, son chèque de BS allait constituer notre unique rentrée d'argent), mais la phrase n'en avait pas moins franchi ses lèvres, il avait réellement conjugué le verbe travailler à la première personne du singulier ! J'ai tenté de me faire une image mentale de lui allant rencontrer des gérants et des chefs d'équipe, une pile de CV sous le bras, serrant des mains et exprimant d'une voix vibrante son désir d'ébouillanter des patates frites ou de laver des chiottes, mais mon imagination n'allait pas jusque-là. Toutefois, je devais admettre que la seconde partie de son idée avait du bon sens : en demandant un peu moins d'argent, on risquait moins d'effaroucher les fonctionnaires. Ainsi fut fait : on a apporté le correctif, on a tout relu une dernière fois et on est allés jeter l'enveloppe dans une boîte aux lettres.

Le lendemain, au Subway, je fis part à Sébastien de notre vif désappointement à l'idée d'être obligés de poireauter cinq longs mois avant de lever l'ancre. Après avoir écouté mes doléances jusqu'au bout, il émit la suggestion suivante : « Vous avez juste à acheter votre char et à passer votre permis maintenant. Comme ça, vous allez être prêts à partir quand le chèque va rentrer.

– Euh… si je pouvais disposer de quatre-cinq mille piastres comme ça, j'aurais pas eu besoin de téter le Conseil des Arts.

– Je peux t'avancer l'argent. Je suis pas inquiet pour le remboursement : oublie pas que le chèque va être à mon nom. Je n'aurai qu'à prélever à la source.

– T'as de l'argent, toi ?

– Un peu.

– C'est les chaloupes ou les droits d'auteur ?

– Ni l'un ni l'autre. Surtout pas les droits d'auteur. Quand ma mère est morte, j'ai touché son assurance-vie. J'ai aussi vendu la maison.

– Ta mère est morte ?

– En tout cas, elle est en cendres dans une urne… je pense pas qu'on va la réchapper.

– Je sais jamais quoi dire quand…

– Laisse tomber. Réfléchis plutôt à mon offre. Je peux facilement te prêter quelques milliers de dollars sans me mettre dans le trou. Un prêt sans intérêts.

– Bin là, je sais pas quoi dire.

– Accepte. Ça me fait plaisir.

– Tu oublies juste un détail.

– Lequel ?

– Sur le site du Conseil des Arts, ils précisent qu'il n'y a pas assez de blé pour tous les quémandeurs. En fait, ils ne disent oui qu'à environ vingt pour cent des demandes. Je pense qu'on a un dossier solide, mais il n'y a rien de garanti.

– C'est vrai. Sans subvention, ça te prendrait juste plus de temps à me rembourser. Mais je suis pas pressé. Je te fais confiance de toute façon. »

À ce moment, des clients sont entrés et ça m'a permis de ne pas répondre tout de suite. L'offre était tentante, et j'imagine qu'elle était motivée en partie par un bon sentiment. Mais en partie seulement, car je ne pouvais m'empêcher de deviner son calcul : si la bourse nous était refusée, j'allais devoir lui rendre son argent à coups de deux cents dollars par mois, ce qui me liait à lui pour au moins deux ans. Idéalement, il aurait voulu que je sois sa blonde, qu'on passe tout notre temps libre ensemble, manger au restaurant, voir des pièces de théâtre, faire des projets, avoir des relations sexuelles, mais il savait que ce scénario manquait de réalisme, aussi il était prêt à en rabattre, à se contenter de mon amitié, qu'on aille prendre un café en ville ou qu'on écoute un film dans son salon, ma tête sur ses genoux, et peut-être qu'une fois de temps en temps, après un souper bien arrosé, j'accepterais qu'il me fasse des choses, mais pour ce plan-là non plus il savait que je n'étais pas partante, alors il voulait bien en rabattre jusqu'à une relation créancier-débiteur, pourvu que relation il y ait. Me garder dans sa vie d'une manière ou d'une autre. Cela n'aurait-il pas été abuser de la situation que d'accepter son offre ? (D'un point de vue strictement littéraire, je dois dire que cela m'arrange : monsieur Fisher affirme qu'il est bon qu'un personnage doive éprouver un dilemme moral, ça aide le lecteur à s'y identifier. « Place rapidement ton personnage principal devant un choix, dans un état de conflit ou de crise. » [*Conseil à un jeune romancier,* page 85.]) J'ai pesé le pour et le contre pendant cinq minutes, le temps de servir les clients. L'idée de me trouver à sa merci (bon, « à sa merci » est peut-être mélodramatique…) pour les quelques années à venir me causait une certaine angoisse, mais ce prêt nous donnait l'occasion d'agir au lieu d'attendre la réponse du Conseil des Arts en nous tournant les pouces, et cela valait bien un peu d'angoisse. De toute manière, si on ne recevait pas la bourse, on n'irait pas à Bird-in-Hand, et donc on pourrait revendre la voiture et ainsi rembourser Sébastien, du moins en partie. « Ouais, OK.

– OK ?

– J'aimerais bien que tu nous avances l'argent pour la voiture. Si t'es certain que ça te fait rien.

– Je suis certain.

– Bin… euh… merci. »

J'ai couru sur le chemin du retour, pressée d'annoncer la nouvelle à Jude, mais il n'était pas à la maison. Il m'avait laissé un mot : « Parti chez ta mère faire le lavage. Compte manœuvrer pour obtenir une invitation à souper. À plus. » Pour tuer le temps en attendant son retour, j'ai eu l'idée de consulter les sites de petites annonces et de commencer à magasiner pour un véhicule, mais je me suis vite rendu compte que je ne savais même pas quoi demander aux moteurs de recherche, marque, modèle, catégorie, année, kilométrage, prix, etc. Qu'est-ce qu'on voulait, au juste ? Est-ce que cette Mazda Protegé 2003 quatre portes affichant 89 150 kilomètres au compteur (AM/FM stéréo, air climatisé, lecteur CD, enjoliveurs de roues, essuie-glace intermittents, volant ajustable, coussins gonflables pour passager, intérieur tissu), vendue par un particulier de Saint-Nicéphore, pourrait nous convenir ? Va savoir. Il paraît qu'elle est équipée d'un moteur de 1.8 litres. Est-ce que c'est bon, ça ? Je m'étais vaguement imaginé débarquer dans la cour du vendeur de chars et déclarer : « Je cherche une bonne voiture entre quatre et cinq mille dollars.

– Quelle couleur, ma p'tite dame ?
– Verte, monsieur.
– Eh bien voilà ma meilleure voiture verte dans vos prix.
– Elle est parfaite. Voici l'argent.
– Voici les clés. »

Mais apparemment ça allait être plus compliqué que ça. On n'aurait sans doute pas le choix de demander au père de Jude d'intercéder pour nous, sans quoi on risquait fort de se faire fourrer. J'ai donc décidé d'abandonner les recherches pour l'instant et de prendre une douche en attendant Jude. Comme je me déshabillais, mon regard a accroché mon exemplaire de *13 Mécanique* sur ma commode, et j'ai soudain été envahie d'un sentiment pénible à l'égard de son auteur, un mélange de culpabilité et de pitié, avec peut-être un zeste de colère inexplicable. Quelque chose de pas beau. J'ai affirmé plus haut que je ne me tenais pas pour la dernière des salopes, mais à ce moment précis j'avais de sérieux doutes à ce sujet. De manière tout à fait irrationnelle, j'ai pensé que je me sentirais un peu moins minable face à Sébastien si je donnais une autre chance à son œuvre. J'ai ouvert *13 Mécanique* et j'ai commencé à lire le premier récit du recueil, intitulé « Chiots à vendre ». Peut-être que cette fois, si je faisais un effort, si je lisais attentivement, si je me concentrais pour saisir chaque nuance, j'arriverais à voir la beauté du texte.

Chiots à vendre

Crois-tu que j'arriverai à vendre mes teckels avant qu'ils ne soient trop vieux ? C'est la première fois que tu viens ici ? Tu ne trouves pas que c'est un drôle de nom pour un bar ? Penses-tu qu'il est facile de tuer une personne ? Tu te souviens, dans *Heavenly creatures,* le mal que Kate Winslet et son amie s'étaient donné pour tuer la dame à coups de brique ? Tu n'as jamais vu *Heavenly creatures* ? Tu n'enlèves pas ton manteau ? Est-ce que le sang part au lavage ? Qu'est-ce que tu dirais d'un grand pichet ? Qu'est-ce que je ferais de cinq teckels dans un trois et demie ? Contre qui jouent-ils ce soir ? C'est quoi le score ? Pourquoi la waitress donne des pinottes à la table d'à côté et pas à nous ? Es-tu certaine de vouloir commettre un meurtre ce soir ? On n'aurait pas mieux fait d'y aller pour une arme contondante ? Auras-tu le courage d'enfoncer un couteau dans un être humain ? Crois-tu que Nana va déprimer quand ses chiots vont être partis ? Qui vient de marquer ? Tu ne trouves pas que le gros près du jukebox a l'air antipathique ? À qui manquerait-il si on le retrouvait mort dans une ruelle demain matin ? T'ai-je déjà dit que tu étais invraisemblablement belle ? À ton avis, quel est le taux de résolution des affaires d'homicide dans la vraie vie ? As-tu remarqué que c'est toujours une terrienne qui remporte le concours Miss Univers ? Penses-tu que c'est arrangé ? Une petite vodka pour nous donner du cœur au ventre ? Penses-tu que les gens vont se rendre compte qu'ils ne sont pas pure race ? (…)

Oh ! Et puis zut ! Je n'y arrive pas. Il semble bien, après tout, que je vais demeurer la dernière des salopes.

Deuxième partie

**par Jude
[commentée par Tess]**

20. Les consignes de Tess (tout pour tirer au flanc)

OK, je t'ai déjà tout dit ça de vive voix, mais je te l'écris pareil, ça te servira de mémo. Mon dernier chapitre portait le numéro 19, alors commence à 20. On peut recommencer à numéroter à partir de 1 quand on commence une nouvelle partie, ça se voit, mais je trouve ça plus encourageant de continuer sur notre lancée. Relis ce que j'ai écrit une couple de fois et essaie de poursuivre à peu près sur le même ton pour éviter de trop compliquer le travail de réécriture. Par là, je ne veux pas dire de m'imiter servilement et de réfréner ta créativité, mais juste un exemple : j'ai pris l'habitude de dire « on » à la place de nous, ce qui est limite fautif et me cause toutes sortes de problèmes d'accord, mais enfin ça m'est venu naturellement, alors continue comme ça, pour le meilleur et pour le pire. J'ai aussi décidé, tout à fait arbitrairement, de m'adresser à un lecteur théorique unique, alors quand tu parleras à ton public, écris « lecteur » ou « cher lecteur » au singulier. Aussi, termine au plus vite les deux ouvrages de monsieur Fisher, sans te fâcher après lui, si possible, quand il cite des classiques sans les avoir lus. J'ai vu ta page cornée dans Conseils à un jeune romancier *et franchement on ne peut pas dire que tu y vas à toute vapeur. (Il attendra, ton Gogol,* il est mort et tu l'as lu dix fois.) *Quoi d'autre ? Les titres de chapitres en gras, deux espaces à la fin d'un chapitre, un espace entre le titre et le chapitre, italique pour les longues citations, etc. Anyway, en cas de doute, réfère-toi à ma partie ou demande-moi des éclaircissements. Je sais que je t'ai un peu épouvanté par l'ardeur que je mettais à l'ouvrage, mais c'est parce qu'il fallait que j'expose la situation initiale, comme on dit dans le métier. Mais là, comme la situation est exposée et que le récit a rejoint le temps présent, tu n'auras besoin d'écrire que les jours où il se passera quelque chose de significatif. Oh ! oui, pendant que j'y pense : si ça adonne, raconte comment on a connu le voisin, j'avais promis de le faire, mais je n'en ai pas eu l'occasion. Je te suggère de commencer ta partie en te présentant et d'utiliser pour ce faire le même petit questionnaire que moi. Il y a l'adresse du site dans les favoris. Bon, c'est pas mal ça qui est ça.*

Voilà qui me fait un premier chapitre à peu de frais. [Ouais, au boulot maintenant !]

21. Présentation de Jude

1. Quelle heure est-il ? *14 h 28.*
2. Prénom. *Jude.*
3. Âge. *32 ans.*
4. Taille. *Six pieds d'après mon permis de conduire, mais un peu moins en réalité.*
5. Couleur de tes yeux. *Bruns.*
6. Couleur de tes cheveux. *Bruns.*
7. Signe astrologique. *Capricorne.*
8. Ville natale. *Grand-Mère.*
9. Frères et sœurs. *Un frère.*
10. As-tu déjà été amoureux(se) ? *Oui, aux quinze jours. Présentement je le suis de la fille au manteau blanc qui fait jouer son chien dans la cour de l'école Laflèche.* [Ça, c'est parce que tu l'as pas vue de proche : elle a un gros nez !]
11. Crois-tu que quelqu'un a déjà été amoureux(se) de toi ? *Je mettrais ma main à couper que la fille au manteau blanc est secrètement amoureuse de moi.*
12. À ton avis, que pensent les gens de toi lorsqu'ils te voient pour la première fois ? *J'habite Grand-Mère : personne ne me voit jamais pour la première fois.*

13. Film préféré. Two evil eyes, *de Dario Argento et George Romero*.
14. Livre préféré. L'adolescent, *de Dostoïevski*.
15. Chanson préférée. Leave a light on for me, *de Belinda Carlisle*.
16. Émission de télé favorite. Hockey Night in Canada.
17. Plus grande qualité ? *Accommodant*.
18. Plus grand défaut ? *Épais*.
19. Es-tu croyant(e) ? *Non*.
20. Quelle image avez-vous en fond d'écran ? *Une grosse dame nue, mise là par le voisin. C'est son genre d'humour*.
21. Ville ou campagne ? *Campagne*.
22. Été ou hiver ? *Hiver*.
23. Où te vois-tu dans dix ans ? *Ici*.
24. Quels sont tes buts dans la vie ? *Aller passer deux mois en Pennsylvanie*.
25. Le nom de ton meilleur ami. *Tess*. [T'étais mieux !]
26. As-tu un objet fétiche ? *La télécommande*.
27. On t'offre l'occasion de rencontrer une personne de ton choix, morte ou vivante. *Elizabeth Siddal*.
28. Que trouve-t-on sur tes murs ? *Un croquis représentant Elizabeth Siddal, par je sais pas qui ; Elizabeth Siddal en Ophélie, dans le tableau de Millais ; Elizabeth Siddal jouant de la harpe, avec des fleurs dans les cheveux, dans un tableau de Rossetti*.
29. Que trouve-t-on sous ton lit ? *Des boîtes*.
30. Ton plat favori ? *La bouillabaisse de la mère de Tess*.
31. Ton style vestimentaire. *Armée du Salut*.
32. Aimes-tu ton travail ? *Ne s'applique pas*.
33. À quel endroit aimerais-tu être en ce moment ? *Bird-in-Hand*.

34. Crois-tu que nous sommes seuls dans l'univers ? *Qui ça, « nous » ?*
35. Votre héros ? *Euh...*
36. Quel mot ou locution utilises-tu trop souvent ? *Hmm... bonne question, il faudrait que je demande à Tess.*
37. De quoi as-tu le plus peur ? *Que Tess meure.* [Je t'ai pourtant dit que j'étais immortelle.]
38. Quand as-tu menti pour la dernière fois ? *Hier, quand j'ai coché « oui » à la question « Recherchez-vous activement un emploi ? » sur ma déclaration mensuelle.*
39. Penses-tu posséder un pouvoir paranormal ? *Je communique télépathiquement avec la fille au manteau blanc qui fait jouer son chien dans la cour de l'école Laflèche.*
40. Crois-tu à l'âme sœur ? *Certainement !*
41. Quel personnage historique aurais-tu voulu être ? *Dante Gabriele Rossetti. (Si toutefois un peintre préraphaélite compte pour un personnage historique.)*
42. Quel tatouage te ferais-tu faire ? *Aucun.*
43. Quelles sont tes positions politiques ? *J'ai lu quelque part que Québec Solidaire proposait d'augmenter les prestations d'aide sociale. Québec Solidaire, donc.*
44. Pour qui as-tu voté aux dernières élections ? *Je ne suis pas sur la liste.*
45. Que regrettes-tu le plus ? *Je ne fais pas assez de choses pour avoir l'occasion d'en regretter.*
46. Quelle est la première chose que tu fais en te levant le matin ? *Pipi.*
47. Quelle est la dernière chose que tu fais avant de te coucher ? *J'ôte mes verres de contact.*
48. À quel âge crois-tu que tu vas mourir ? *Je sais pas. Mettons 130 ans.*

49. Es-tu heureux(se) ? *Pourquoi diable le serais-je ?*
50. Quelle heure est-il maintenant ? *15 h 45.*

22. Où l'on verra de quelle manière extraordinaire Tess et Jude firent la connaissance de leur imbécile de voisin

Bon, je sais que ça s'insère mal ici, mais il n'y a rien de nouveau à signaler pour le moment et ça ne s'insérerait pas mieux ailleurs de toute façon, alors je vais te raconter, puisque le mandat m'en a été confié, l'histoire de notre rencontre avec le quasi-mongolien qui habite au rez-de-chaussée. C'est un récit assez étonnant, tu vas voir. [Orgie d'unités narratives en vue ! Excellent, ça.]

À cette époque (on parle d'il y a environ trois ans), je consacrais une bonne partie de mes loisirs à casser du Boche et du Japonais dans *Call of Duty : World at War,* sur Xbox 360. Vers le début de l'après-midi, je me préparais du thé, je mettais la machine en marche, je choisissais mon camp (l'Armée rouge, bien sûr : j'ai essayé une fois de combattre pour la Wehrmacht, mais le cœur n'y était pas, je trouvais odieux de tirer sur des bons Russes) et j'attendais que le nombre de participants requis fût atteint pour commencer la partie. Bien que nous fussions nombreux sur le réseau, à force de me brancher tous les jours à la même heure, je voyais souvent les mêmes noms revenir, et je pouvais me vanter d'en connaître quelques-uns assez bien.

Par exemple, Louvikov était un pleutre, du genre à marcher dans ton sillon pour être certain que c'est toi qui prendrais la balle en cas d'embuscade ; Scarface76, par contre, était un bon coéquipier, qui te laissait toujours les trousses de premiers soins s'il voyait que tu étais plus amoché que lui ; Badkid (que nous soupçonnions d'être une fille, mais sans raison précise : il/elle n'avait même pas de micro) était un redoutable tireur d'élite mais avait tendance à ignorer les ordres du leader, etc. À *Call of Duty* comme dans tous les jeux en réseau, l'anglais est la langue de travail, mais on finissait souvent par découvrir la nationalité de nos coéquipiers, la plupart revenant instinctivement à leur langue maternelle dans les moments tragiques : « Putain ! Fait chier ! » ; « Fuck ! » ; « Mrdat ! » ; « Schwanzlutscher ! » (tiens, on avait un Allemand dans notre unité !) ; « Pukimak ! » ; « Horebukk ! » ; « Mierda ! » Je n'échappais pas à cette règle et il m'arrivait de laisser échapper, si par exemple j'avais le malheur de marcher sur une mine antipersonnel, un émouvant « Hostie de calice ! » avant de rendre l'âme ; ou encore d'y aller d'un « Kin, mon tabarnak ! » en achevant à la baïonnette un ennemi particulièrement coriace. Un jour, alors que j'étais embusqué avec TheMidnightRambler derrière une église en ruine, dans un secteur chaud de Stalingrad, je reçus une balle dans la cuisse alors que je m'imaginais à couvert. « Ciboire ! » m'exclamai-je. J'entendis alors mon compagnon s'esclaffer. « What's so funny ? » lui demandai-je, légèrement vexé. « C'est juste que c'est drôle d'entendre parler en québécois », me répondit-il. Ça alors ! Je faisais équipe avec ce TheMidnightRambler depuis des semaines sans me douter qu'il s'agissait d'un compatriote. Alors que les balles sifflaient à nos oreilles et que les tirs de mortier faisaient pleuvoir des roches et des mottes de terre, nous engageâmes la conversation. « Tu viens de quel coin ? me demanda-t-il.

– Grand-Mère. C'est à une demi-heure de Trois-Rivières, pour te situer.

– T'es pas sérieux ? Moi aussi je suis de Grand-Mère !

– Tu me niaises !

– Pantoute ! »

Je ne voyais pas pourquoi il aurait inventé ça, mais le hasard était vraiment trop grand pour que je le croie sur parole. Il s'est vendu à ce jour trente millions de Xbox 360 dans le monde (mettons quelques millions de moins si on remonte deux ans en arrière), et *Call of Duty : World at War* fut l'un des titres les plus populaires de l'année 2008. Nous étions sans doute quelques centaines de milliers, à travers le monde, à y jouer régulièrement. Il était donc statistiquement très improbable que deux types habitant le même trou perdu du Centre-Mauricie se retrouvent côte à côte sous le feu de l'ennemi, à tenter d'empêcher les troupes du général von Weichs de traverser la Volga. « Ok, prouve-le-moi : c'est quoi les trois premiers chiffres de ton numéro de téléphone ?

– 538.

– Et c'est quoi le commerce le plus près de chez vous ?

– Je dirais le Videotron ou Meubles Paquin.

– …

– Hé ! JudeTheObscure, t'es encore là ?

– Euh… oui. C'est juste que je tombe en bas de ma chaise. Tu me croiras pas, mais je vois Meubles Paquin de ma fenêtre.

– T'es sur la Sixième ?

– La Cinquième. Au coin de la Quatorzième Rue.

– Là, c'est moi qui tombe en bas de ma chaise… Regarde, on va faire de quoi…

– Quoi ?

– Baisse le volume de ta télé.

– C'est fait.

– Bon, là, je frappe trois petits coups au plafond. Pis ?

– Bin calice, j'en reviens pas ! T'es le gars avec les cheveux longs qui écoute du Slayer…

– Toi, t'es le gars qui reste avec la fille qui a toujours l'air en criss… [Eh ! Tu m'avais pas conté ce bout-là !]

– Euh… oui, c'est ça. Tess.

– Je savais pas que vous entendiez ma musique.

– Ça nous dérange pas. »

Je l'invitai à monter et, cinq minutes plus tard, il était affalé dans notre divan, à la place qu'on ne tarderait pas à baptiser « la place du voisin », sa 1.18 de Black entre les jambes. Quand Tess revint du boulot, ce soir-là, et que je lui narrai dans quelles circonstances j'avais fait la connaissance du pouilleux d'en bas, elle en fut aussi soufflée que moi. En fait, le caractère quasi-surnaturel de cette rencontre nous empêcha pendant longtemps de voir quelle tache il était réellement. Cela prit bien deux mois avant que je n'ose m'avouer que j'aurais dû, en ce funeste après-midi, laisser la bataille de Stalingrad se dérouler sans mon concours. Au pire, Hitler aurait gagné, mais cela aurait constitué un moindre mal. On est sans parade contre le voisin, on ne peut même pas faire accroire qu'on n'est pas là : il nous entend marcher. Quand j'ai finalement confié mon désarroi à Tess, dans l'espoir d'obtenir d'elle des paroles de réconfort (genre : « Bin voyons donc, tu pouvais pas savoir… »), elle enfonça plutôt le clou en faisant remarquer que cette rencontre défiait tellement les lois de la probabilité que si ce jour-là j'avais acheté un billet de loterie au lieu de jouer au Xbox, nous serions millionnaires à l'heure qu'il est. Misère.

Troisième partie

par Tess

23. *Chevrolet Monte Carlo*

Ça fait drôle d'y penser, mais depuis hier on est propriétaires d'un véhicule automobile. Plus précisément d'une Chevrolet Monte Carlo 2003 de couleur jaune. En passant, comme tu le constates, Jude vient de me repasser le flambeau après une prestation de tout juste deux mille mots (en comptant son astucieux copier/coller de mes instructions), ce qui contrevient au principe d'équilibre entre les parties prôné par tous les théoriciens des Lettres, d'Aristote à Marc Fisher, et là tu dois te dire que ça fait dur notre affaire. Mais on a décidé que c'était mieux comme ça. D'ailleurs, on s'est informés et on a appris que dans les duos d'auteurs il y en a généralement un seul qui rédige. Ça assure l'unité stylistique. (Quoique cela m'étonnerait que tu aies décelé de grandes différences entre ma prose et celle de Jude, à moins que tu ne fasses partie de ces pinailleurs qui imaginent des nuances entre le 7UP et le Sprite, entre la Molson et la O'Keefe, ou entre les partis politiques.) Et puis, surtout, ce qu'il y a, c'est qu'écrire m'amuse. (Alors que ça fait un peu peur à Jude, qui craint toujours de mal faire.) Si j'étais un vrai écrivain, avec des livres publiés et des articles à mon sujet dans *Lettres québécoises,* je ne tiendrais pas le même discours, je dirais qu'écrire ça fait mal, que ça m'arrache les tripes, qu'il s'agit d'un acte douloureux mais nécessaire, des niaiseries de même. Mais dans les circonstances, je ne vois pas pourquoi je te ferais des accroires. Quoi qu'il en soit, on est depuis hier propriétaires d'une Chevrolet Monte Carlo de couleur jaune, et en ce moment même le voisin lui jette des regards condescendants et tente de nous convaincre qu'on s'est fait fourrer. Mais on sait bien que c'est parce qu'il est piqué au vif qu'on ait omis de le consulter, lui qui se targue de tout connaître sur les chars. « Moé c'pas de mes affaires, mais vous auriez dû prendre une japonaise. *Ça,* c'est juste un paquet de trouble, *ça* boé deux fois plus qu'une Civic pis y a toujours de quoi de brisé là-dessus. Au moins, dans les anciens modèles, t'avais un huit, mais à c't' heure c'est rendu juste un six. Ça te prend un gros dix secondes pour aller de zéro à cent. » Je le laisse dire. Il se met le doigt dans l'œil s'il pense me faire de la peine avec son verbiage de Ti-Jo connaissant. J'ignore ce qu'il en est de ces histoires de six et de huit, mais je n'arrive pas à imaginer une circonstance de la vie courante nécessitant d'atteindre les cent kilomètres/heure en moins de dix secondes.

Toutefois, il faut admettre que les experts lui donnent raison. Entre autres, Amyot Bachand, du site auto123.com, parle de la Monte Carlo en termes plutôt tièdes mais, à mon avis, quand ta mère t'a appelé Amyot, tu devrais t'abstenir de prendre la parole en public. Sans la descendre en flammes, il lui attribue tout juste la note de passage et la décrit comme « une bonne routière confortable, dotée d'une bonne tenue de route prévisible ». Pour ce qui est des points positifs, il paraît que le volume du coffre permet de loger facilement deux sacs de golf, ce qui constitue apparemment un gros plus pour Amyot. Par contre, question performance, ça se gâte un peu : « On aimerait une bonne vingtaine de chevaux de plus, sinon un moteur suralimenté comme on en retrouve dans les coupés Pontiac Grand Prix. »

Si vous le dites, Amyot, si vous le dites. Seulement, si vous êtes si pressé que ça, vous n'avez qu'à partir plus tôt de chez vous. Pour le reste, il paraît que la Monte Carlo possède un habitacle confortable et fonctionnel, et se comporte assez bien (par le comportement d'une voiture, on entend tenue de route et freinage) malgré une pédale de frein trop haute.

Sur le même site, un certain Éric Descarries donne une deuxième opinion, laquelle recoupe pas mal celle de son collègue, et termine son billet en nous balançant à la figure la fiche technique de la Monte Carlo. C'est comme de la poésie contemporaine ou un film d'espionnage : on n'y comprend rien, mais c'est beau par moments. Regarde :

- Moteur : V6 3,4 L
- Autre moteur : V6 3,8 L
- Puissance : 180 ch à 5200 tr/min et 205 lb-pi à 4000 tr/min
- Autre moteur : 200 ch à 5200 tr/min et 225 lb-pi à 4000 tr/min
- Transmission de série : automatique à 4 rapports
- Transmission optionnelle : aucune
- Freins avant : disques
- Freins arrière : disques
- Sécurité active de série : ABS, antipatinage
- Suspension avant : indépendante
- Suspension arrière : indépendante
- Empattement : 280,7 cm
- Longueur : 502,6 cm
- Largeur : 183,6 cm
- Hauteur : 140,3 cm
- Poids : 1515 kg ; 1535 kg (SS)
- 0-100 km/h : 9,6 s
- Vitesse maximale : 190 km/h
- Diamètre de braquage : 11,6 m

- Capacité du coffre : 447 L
- Capacité du réservoir d'essence : 64,3 L
- Consommation d'essence moyenne : 12,6 L/100 km
- Pneus d'origine : 225/60R16
- Pneus optionnels : 225/60R16 de performance (SS)
- Prime d'assurance moyenne : 950 $
- Garantie générale : 3 ans/60 000 km
- Garantie groupe motopropulseur : 5 ans/100 000 km
- Garantie contre la corrosion : 3 ans/60 000 km
- Garantie contre la perforation : 6 ans/160 000 km
- Collision frontale : 5/5
- Collision latérale : 3/5
- Ventes du modèle l'an dernier au Québec : 582
- Dépréciation : 47 %

Il y a des gens sur terre à qui cette histoire de diamètre de braquage de 11,6 mètres dit quelque chose, qui peuvent s'exclamer : « Fichtre ! 11,6 mètres ! C'est du diamètre de braquage, ça, madame ! » Le père de Jude fait partie de ces gens. Quand on lui a demandé s'il voulait bien nous conseiller dans l'achat de notre voiture, il a tout de suite répondu : « Parfait, demain matin on va aller chez Grenier, à Saint-Étienne. » Deux mots nous ont fait tiquer : « matin » et « aller ». Pour le premier, on a laissé faire, on savait que ça ne servait à rien d'argumenter. Le père de Jude est de ceux qui estiment que les choses doivent se faire le matin, ou ne point se faire. On lui a donc concédé son « matin », mais pour ce qui est de son « aller », on s'est permis de lui faire remarquer qu'il était inutile – voire absurde – à notre époque de se transporter physiquement chez un vendeur de voitures. Chez son Grenier, à Saint-Étienne-des-Grès, on trouverait, quoi ? une centaine de machines, à tout casser, alors que trois cent vingt-neuf mille véhicules sont répertoriés sur le seul site autohebdo.net. Mais ça ne l'a pas impressionné. Selon lui, il n'y a qu'une façon de traiter des affaires : d'homme à homme. On ne sait jamais sur qui on tombe dans Internet. Et puis d'abord ce n'était pas de trois cent mille chars qu'on avait besoin, mais d'un seul. Fin de la discussion.

On s'est donc retrouvés, Jude, son père et moi, le lendemain matin, dans la cour de JM Grenier, sur le chemin des Dalles, à Saint-Étienne-des-Grès. Un monsieur très exubérant (sans doute JM en personne, Jean-Marc, Jean-Marie ou Jean-Michel) nous a accueillis comme s'il rêvait de nous rencontrer depuis toujours, et a aussitôt entrepris de nous vanter ses voitures, en commençant par les plus chères. Comme il s'adressait exclusivement au papa de Jude, on a pu flâner à notre aise dans la cour. On lisait les fiches techniques des autos, essayant d'en percer le mystère, osant des théories quant à ce que pouvait être une jante en alliage ou une direction assistée, jouant à faire deviner les prix à l'autre. « Combien, celle-là, tu penses ?

– Hmm… mettons trois mille cinq cents.

– Dans le champ ! Quatorze mille, ma fille.

– Ah. Bon. Pourtant la rouge là-bas est beaucoup plus jolie et elle ne coûte que cinq mille.

– Mais la rouge c'était une 1998, et celle-là c'est une 2007. »

La première fois qu'on est passés devant la Monte Carlo, on ne s'est même pas donné la peine de consulter sa fiche. Dans notre tête, un char de même, ça coûtait les yeux de la tête. On nous aurait annoncé un prix dans les six chiffres que ça ne nous aurait pas étonnés. Ce n'est qu'à la toute fin que Jude, par curiosité, est allé l'examiner de plus près. « Ça se peut pas !

– Qu'est-ce qui se peut pas ?

– Devine combien elle coûte ?

– Soixante mille ?

– Dix fois moins ! Peux-tu croire ça ?

– Six mille ?

– Cinq mille huit cents pour être exact.

– C'est quasiment dans nos prix.

– Oui… à deux mille dollars près.

– Et on n'est pas du genre à faire des folies pour une automobile.

– Non, ça colle pas du tout à notre personnalité.

– Avoue tout de même que c'est une calice de belle machine…

– C'est certain.

– Mais c'est clair qu'on s'aimerait un peu moins si on se prenait en flagrant délit d'engouement pour un char…

– Oui, on aurait du mal à se regarder dans le miroir pour une couple de jours. On se sentirait aussi mal que la fois où on a downloadé l'album de Rihanna.

– On avait en effet feelé assez cheap cette fois-là. »

On a été interrompus par le père de Jude qui tenait à nous faire voir une Mazda Protegé 5 de couleur grise, affichée à quatre mille neuf cents dollars, mais que Jean-Marie, dans un élan de libéralité, consentait à laisser partir pour quatre mille cinq cents. On ne trouverait pas meilleur deal, les deux messieurs étaient formels à ce sujet, ça n'avait même pas cent mille kilomètres au compteur et ça avait eu son traitement antirouille chaque année. On y a jeté un œil, mais de notre point de vue ça ressemblait à n'importe quel char qu'on voit dans la rue ou dans les parkings. On a quand même hoché la tête avec beaucoup de conviction et proféré quelques onomatopées enthousiastes, histoire de montrer à Jean-Marie qu'on n'était pas des ingrats, qu'on mesurait l'importance de la faveur qu'il nous faisait avec ce rabais de quatre cents dollars. On a conclu en disant qu'on reviendrait la chercher demain, le temps de réunir la somme, et on s'est séparés sur une virile poignée de main.

En partant, on a demandé au père de Jude ce qu'il pensait de la Monte Carlo, comme ça, parler pour parler. Il a scruté l'objet pendant quelques secondes puis s'est contenté de hausser les épaules et de renifler dédaigneusement. Jude affirme qu'il avait cette réaction, jadis, devant certains de ses bulletins. Ça ne figure pas dans le top 10 de ses plus beaux souvenirs d'enfance.

En arrivant à la maison, j'ai appelé Sébastien afin de lui donner rendez-vous pour le lendemain. Il aurait simplement pu nous signer un chèque, mais il tenait absolument à être de la partie. On ne pouvait pas lui dire non et, de toute façon, on avait besoin d'un lift pour se rendre à Saint-Étienne. Il passerait nous prendre en début d'après-midi. Depuis le temps qu'il rêvait de venir chez nous, il tenait enfin son prétexte. Il y avait là-dessous le désir parfaitement légitime de voir le cadre familier de la fille de ses rêves, mais il y avait surtout le désir de rencontrer Jude, le gars inclus dans le « on » par lequel je commence la plupart de mes phrases.

J'étais sous la douche quand il a débarqué, alors ils ont dû se présenter eux-mêmes. Ça s'est fait tout seul : les trentenaires mâles occidentaux disposent d'une bonne banque de sujets communs. Jude jouait à *Left 4 Dead* quand Sébastien est entré. Deux minutes plus tard, celui-ci avait une manette entre les mains et les deux dégommaient des zombies comme de vieux compagnons d'armes. En route vers JM Grenier, je me suis assise à l'arrière dans l'auto et ils ont passé la plus grande partie du trajet à chialer contre le salaire de Scott Gomez et les lacunes en défensive de Hall Gill. Ce n'est qu'aux abords de Saint-Étienne que je suis intervenue pour parler d'affaires. « Au fait, Sébas, t'es disposé à nous prêter combien ?

Sébastien : Je sais pas... il coûte combien, votre char ?

Moi : Quatre mille cinq cents.

Sébastien : C'est correct.

Moi : Mais nous ferais-tu confiance pour six mille ?

Sébastien : Euh… ouais, c'est juste que ça va te prendre plus de temps à me rembourser si le Conseil des Arts nous chie dans les mains.

Moi : C'est pas un trouble.

Jude : Je te vois venir, là. Es-tu en train de dire que…

Moi : As-tu vraiment envie de rouler en Mazda Protegé, toi ?

Jude : Euh… j'ai pas vraiment d'opinion sur le sujet. Ça fait pas vingt-quatre heures que je sais que les Mazda Protegé existent.

Sébastien : Mazda, c'est fiable.

Moi : Fiable, fiable, aimerais-tu ça, toi, que ça soit le premier mot qui vienne dans la tête des gens à ton sujet ? Genre : Sébas Daoust, c'est fiable.

Sébastien : Pour répondre à ta question, oui. Il n'y a pas de mal à être quelqu'un de fiable. Mais je dirais que pour une voiture, c'est une qualité primordiale.

Moi : Une Chevrolet Monte Carlo 2003, est-ce que c'est fiable, à ton avis ?

Sébastien : Je sais pas, mais c'est un char de frimeur.

Jude : T'es certaine, Tess ?

Moi : Pas toi ?

Jude : En fait, oui. Mais mon père va désapprouver…

Moi : Qu'est-ce que ton père approuve ?

Jude : Ouais, pas grand-chose.

Sébastien : Si je comprends bien, vous voulez acheter une Monte Carlo ?

Jude et moi : Oui. »

On n'a pas perdu de temps en politesses : quand on fait quelque chose sur un coup de tête, il faut se dépêcher avant que le buzz tombe. Si le père de Jude allait à coup sûr nous traiter d'imbéciles, Jean-Marie, de son côté, semblait approuver notre choix. Les gens ont tendance à te trouver fin quand tu dépenses six mille dollars dans leur établissement. Les formalités accomplies, Sébastien nous a invités à fêter ça au resto. On aurait préféré se retrouver seuls mais, encore une fois, on ne pouvait décemment pas le congédier tout de suite après avoir obtenu de lui ce qu'on voulait. On s'est donné rendez-vous aux Ailes Buffalo, dans le bas de la ville, à Shawi. Je conduisais avec une prudence exagérée, comme les gens qui ramènent leur bébé de l'hôpital après l'accouchement, roulant à dix kilomètres à l'heure sous la limite, activant le clignotant longtemps avant la sortie d'autoroute, poussant le zèle jusqu'à respecter les « cédez le passage ». (Il n'y a que moi qui puisse conduire pour le moment, ayant pu faire réactiver mon permis assez facilement vu que je n'avais cessé de payer le renouvellement que depuis deux ans.) On a bouffé nos ailes piquantes et on a fini par se dépêtrer de Sébastien. Sur le chemin du retour, on n'a pas dit un mot, je fixais la route pendant que Jude apprivoisait le tableau de bord. Après nous être garés devant notre immeuble, on est restés une bonne demi-heure assis dans l'auto, perdus dans nos pensées. C'est Jude qui a brisé le silence : « Apparemment on possède un truc à six mille piastres…

– Et on est dans le trou de six mille piastres.

– Ouais. T'sais, dans le fond, Mazda Protegé ou autre chose. Tant que ça nous mène du point A au point B. On peut encore l'échanger et se faire rembourser la différence, quittes à se faire parler bête par Jean-Marie.

– Mazda Protegé, c'est de la crotte. Avoue qu'on a une machine du tonnerre !

– Mais c'est tellement pas notre genre. Est-ce que tu nous aimes un peu moins ?

– Étrangement, je pense que je nous aime un peu plus.

– Moi aussi, mais je suis pas certain d'avoir raison. »

24. *Voyage en Chevrolet Monte Carlo à Sainte-Anne-de-la-Pérade et autres lieux circonvoisins, avec quelques notes sur l'histoire, les mœurs et les coutumes des dits lieux*

Ceux qui s'y connaissent, le voisin en tête, sont unanimes à trouver que la Monte Carlo pèche par une consommation excessive d'essence, qu'elle boit beaucoup pour employer l'image courante, mais comme il s'agit de notre première voiture, on ne peut pas comparer, et puis il faut dire que ça nous a pris une bonne semaine avant de voir la petite aiguille atteindre le E pour la première fois. Au début, c'est à peine si on osait y toucher. On faisait notre petit tour de machine, le soir quand je rentrais de l'ouvrage, mais on s'en tenait à notre circuit pédestre, demeurant sagement à l'intérieur des limites de la municipalité. On descendait dans le quartier des Anglais par la Cinquième Avenue, on remontait par la Sixième, on se rendait dans le Domaine par la Huitième Rue et on rentrait par la Quinzième, avec quelques variantes quand on se sentait aventureux. Le pont de Grand-Mère nous faisait de l'œil, mais franchir le Saint-Maurice nous semblait aussi lourd de conséquences que franchir le Rubicon l'avait été pour Jules.

Cela nous a bien pris une dizaine de jours avant qu'on ose aller quelque part où on ne pouvait pas se rendre à pied. Il devait être une heure de l'après-midi, on vaquait à des occupations quelconques, moi je lisais et Jude tentait de battre Soda Popinski à *Punch-Out !!* quand, soudain, il a éteint la Wii, s'est tourné vers moi et m'a dit de sauter dans mes culottes, qu'on s'en allait à Sainte-Geneviève-de-Batiscan. Je n'ai pas cherché à savoir ce qui avait motivé cette destination – je savais bien que lui non plus n'en savait rien – ni ce qu'on allait faire de bon rendus là-bas, je me suis contentée d'obtempérer et, dix minutes plus tard, on traversait le pont. On est passés devant Saint-Georges-de-Champlain sans lui accorder l'aumône d'un regard et on a pris la 153 en direction de Saint-Tite, en faisant un petit crochet par le lac Lafontaine. On a un quelque chose pour le lac Lafontaine. C'est dix bungalows autour d'un trou d'eau (tellement insignifiant que Google Maps ne le mentionne même pas), c'est loin de tout, c'est absolument dépourvu de charme et pourtant des gens choisissent de vivre là. Rendus à Saint-Tite, on a tourné à l'entrée du village pour prendre la 159 vers Saint-Séverin et Saint-Stanislas. À Saint-Stan, on a pris la 352 vers Saint-Narcisse, où il ne se passe pas grand-chose pendant les trois cent soixante jours où ce n'est pas le Festival de la Solidarité. (Tu peux toutefois y voir une assez jolie église à deux clochers d'inspiration gothique, si ce genre de choses t'intéresse, sinon tu n'as rien à faire là, à moins de te passionner pour la fabrication de matelas, qui est la principale industrie du lieu.)

Arrivant en vue de Sainte-Geneviève-de-Batiscan, le but initial de notre expédition, on a décidé qu'on n'avait pas envie de s'arrêter. On roulait tranquillement, les fenêtres ouvertes, RockDétente dans le tapis, c'était un hostie de beau moment. On a traversé la rivière Batiscan au son de *Dust In The Wind,* et on s'est butés au Saint-Laurent à la hauteur de

Saint-Pierre-les-Becquets. Là, on a pris la 138 vers le nord et on a longé le fleuve jusqu'à Sainte-Anne-de-la-Pérade. On a songé un moment à pousser vers Grondines, mais on commençait à avoir un petit creux et, de toute façon, pour notre premier vrai tour de machine on préférait ne pas franchir les limites de notre région administrative. À Sainte-Anne-de-la-Pérade on trouve également une église néo-gothique à deux clochers, encore plus jolie que celle de Saint-Narcisse, et, juste à l'entrée du village, un centre thématique sur le poulamon, qu'on s'est bien sûr fait un devoir de visiter. La dame au guichet nous a informés que ça fermait dans une demi-heure mais, après un rapide coup d'œil sur la salle d'exposition, on a estimé que cela serait suffisant pour faire le tour. Pour huit dollars par tête de pipe, on a pu contempler un couple de poulamons dans un aquarium, un diorama représentant le village de cabanes sur la rivière, ainsi que plusieurs affiches expliquant les mœurs du poulamon et l'histoire de la pêche sur glace. (Avant, les poulamons frayaient dans le Saint-Maurice, mais l'industrialisation ayant rendu ce cours d'eau trop pollué, ils se rabattirent sur la rivière Sainte-Anne. C'est en 1938 qu'un certain Eugène Mailhot, venu découper des blocs de glace pour la glacière familiale, s'avisa de leur présence et construisit la première cabane sur la rivière. C'est bien pour dire.) Après avoir consciencieusement débité toutes les blagues relatives au fait qu'il fallait être un beau poisson pour s'être fait délester de huit piastres pour ça, on s'est mis à la recherche d'un endroit où se restaurer. On a suivi le boulevard de Lanaudière, qui nous a semblé être l'artère principale, et après avoir roulé dix minutes, on est tombés sur le Motel Café la Pérade. Ça ne payait pas de mine, mais une place ou l'autre… On s'est commandé deux pintes de leur bière la moins exécrable, qu'on a descendues en trois gorgées avant d'en commander deux autres. L'alcool tapait plus fort que d'habitude, au bout de dix minutes on commençait déjà à s'enfarger dans nos mots et à ricaner bêtement pour rien. Il faut dire que l'excitation entrait pour beaucoup dans notre griserie. On n'en revenait tout simplement pas de se retrouver en train de boire dans un établissement dont on ignorait l'existence en se levant le matin. On n'avait pas tout à fait ajouté cent kilomètres au compteur de la Monte Carlo, et pourtant cela nous étonnait presque que les gens parlent notre langue et acceptent notre argent. En tout cas, on se trouvait audacieux quelque chose de rare.

Même si on n'avait rien avalé depuis midi, on n'avait pas trop faim. On s'est contentés de manger des amandes de la distributrice et un peu de fromage en provenance de la fromagerie F.X. Pichet, située juste à côté du Motel Café la Pérade. Après ma troisième pinte, j'ai déclaré que je m'en tiendrais là, je conduisais après tout. « Mais il n'y a pas de police à Sainte-Anne-de-la-Pérade, m'a fait remarquer Jude. Si on revient par les villages on ne court aucun risque. Tout ça, c'est sous la juridiction de la SQ, et ils sont deux chars pour couvrir un territoire grand comme la Normandie. Si on voulait assassiner quelqu'un à Saint-Roch-de-Mékinac, on aurait juste à signaler un vol à Notre-Dame-de-Montauban et on aurait la voie libre pour une bonne heure. » Après avoir décrété que le gros bon sens parlait par sa bouche, je m'en suis commandé une dernière pour la route. Après ça, on a regagné la Monte Carlo et on a entrepris de faire notre itinéraire en sens inverse, avec comme seule variante qu'on est passés par Saint-Prosper au lieu de Saint-Narcisse, ce qui est une bonne illustration de l'expression « changer quatre trente sous pour une piastre ». À cette heure-là c'était *P.-S... Tendresse* qui jouait à RockDétente : des gens (des madames, surtout) qui appellent pour dédier une chanson à la personne aimée. (« À mon p'tit Coco qui travaille toute la nuit, j'aimerais dédier *Unchained Melody*. Ta Gisèle qui t'aime et qui a hâte de t'embrasser » ; « Deux semaines déjà que tu es partie, ma Lucette, j'ai le cœur brisé, je voudrais tellement effacer le passé et que tout redevienne comme avant. Voici pour toi la chanson sur laquelle on s'est connus : *Comment j'pourrais t'le dire,* de Marie-Chantale Toupin » ; etc. C'est presque insoutenable par moments.) On a traversé Saint-Prosper, Saint-Stan, Saint-Séverin, Saint-Tite et Hérouxville en chantant à tue-tête avec Pierre Bachelet, Didier Barbelivien et Julien Clerc et, la première chose qu'on a sue, c'est qu'on retraversait le pont. On a fait la Sixième très lentement, un peu étonnés que tout soit exactement comme quand on était partis. Le voisin brettait sur son balcon. Rien qu'à voir on voyait bien qu'il aurait donné dix ans de sa vie pour savoir ce qu'on avait tramé tout ce temps-là, mais il a eu assez d'emprise sur lui pour ne point nous interroger, alors on a juste échangé quelques banalités en se croisant (j'étais tellement ivre d'alcool et de bonne humeur que je lui ai adressé la parole moi aussi).

Il n'était que dix heures quand on a mis le pied dans l'appart, mais on est tombés comme des masses et on a dormi jusqu'au matin. Ça suce de l'énergie, les sensations fortes, mine de rien.

25. Encore un peu de géographie ?

En toute chose, il n'y a que le premier pas qui coûte, c'est bien connu. Après ce périple au royaume du petit poisson des chenaux, notre hardiesse ne connut plus de bornes. Dès qu'on avait les moyens de remplir un réservoir (plus ou moins cinquante dollars, selon les fluctuations du prix de l'essence), on se rendait sur Google Maps pour choisir une destination et convenir d'un itinéraire, on jetait quelques provisions dans une glacière, on passait acheter une caisse de douze au M, et on prenait la route. Par exemple, on pouvait décider d'aller voir se qui se passe de bon à Saint-Côme. On sortait alors de la ville par Shawi et on attendait sagement d'avoir quitté la civilisation (c'est-à-dire d'arriver à Saint-Boniface) avant de décapsuler notre première bière. Après Saint-Alexis-des-Monts et Sainte-Angèle-de-Prémont, on quittait le pays du 819 et on pénétrait en territoire inconnu. Frisson d'excitation. Souvent, en arrivant dans un village, on garait la voiture et on allait prendre une petite marche, histoire de nous délier les jambes, pisser notre bière et voir comment vivent les gens à Sainte-Émilie-de-l'Énergie ou à Saint-Damien (pour ce qui est de Saint-Damien, on ne l'a jamais su, puisqu'on n'a pas rencontré âme qui vive dans les rues de cette municipalité qui est, soit dit en passant, l'une des plus vastes du Québec avec ses quatre cent dix-sept kilomètres carrés. C'est encore loin des mille quatre cent quarante-sept kilomètres carrés de Gaspé, mais c'est quand même presque autant que l'île de Montréal).

Arrivés au but de notre voyage, on prenait une pause pour manger nos provisions ou, si notre budget le permettait, on honorait de notre clientèle quelque établissement local. À Saint-Côme, par exemple, on a mangé à l'auberge Au rythme du temps et ça nous a coûté un bras, mais je venais de recevoir mon retour d'impôt et il fallait bien fêter ça. Après avoir fait du tourisme une heure, le temps de cuver notre vin, on est revenus par Saint-Alphonse-Rodriguez, Sainte-Marcelline-de-Kildare (je te jure que ça existe), Saint-Ambroise-de-Kildare, Joliette et Lavaltrie, où on a pris la 40 et ensuite la 55 pour rentrer au bercail.

Notre périple suivant nous a menés en plein cœur de la région Chaudière-Appalaches, à Irlande, Saint-Adrien-d'Irlande, Saint-Ferdinand et Sainte-Sophie-d'Halifax qui, comme son nom ne l'indique pas, est située un peu au sud de Plessisville. On a également été à Kiamika, dans les Hautes-Laurentides (pour te situer, c'est tout près de Val-Barrette et un poil à l'est de Saint-Aimé-du-Lac-des-Îles), et à La Tuque, cette autre municipalité absurdement vaste (suffisamment pour contenir le New Hampshire), où on a assisté à un concours de wet t-shirt chaudement disputé au bar Chez Bo et où, pour la première fois, on a dormi sur place, au Motel Idéal en l'occurrence (cinquante dollars pour une chambre avec un lit double).

On avait beau être des vrais Jack Kerouac, cela ne nous empêchait pas de continuer à voyager virtuellement. Maintenant qu'on savait ce qu'on avait dans le ventre, on se demandait si on n'avait pas fait preuve de pusillanimité en se limitant à un rayon de mille kilomètres. La Pennsylvanie, c'est carrément la porte à côté, non ? Tiens, pourquoi ne pas pousser jusqu'en Floride, à Two Egg, par exemple, à l'ouest de Tallahassee ? Une trotte de deux mille six cents kilomètres. Non, pas la Floride, on ne supporterait pas le climat. (On se met à râler dès que le mercure monte au-dessus de vingt-cinq.) Il paraît que c'est beaucoup plus supportable en Arizona, alors on pourrait mettre le cap sur Allah, située à quatre mille quatre cents kilomètres de chez nous, et qui partage avec notre lac Lafontaine la particularité d'être ignorée de Google Maps ; ou encore sur Aztec Lodge, au nord-est de Phoenix, en plein cœur du Usery Mountain Regional Park. De là, on pourrait prendre la 88 vers Tortilla Flat et tenter de découvrir combien parmi les six habitants du lieu ont lu le *Tortilla Flat* de Steinbeck. Ensuite, remonter tranquillement pas vite vers l'Utah par la 87, passer par Tonto Basin, Gisela, Star Valley, Strawberry, Lake Montezuma, Pilgrim Playground et Pumkin Center. (Ah ! voir Pumkin Center et mourir !)

On pourrait aussi décider de faire un voyage thématique. Par exemple, descendre en Pennsylvanie, à King of Prussia, là où se trouve le deuxième plus grand centre commercial des États-Unis. (On parle ici de deux cent soixante kilomètres carrés de surface de vente, ce qui est juste un peu plus que la superficie du Luxembourg.) Comme il est sans doute impossible d'en faire le tour en une journée, ou même en deux, on prévoirait large en réservant pour une semaine au Dolce Valley Forge Hotel qui offre, pour la modique somme de quatre-vingt-dix-neuf dollars par nuitée, les services et avantages suivants : restaurant, bar, réception ouverte 24h/24, journaux, chambres non-fumeurs, équipements pour personnes à mobilité réduite, ascenseur, coffre-fort, chauffage, service de navette vers le centre commercial, salle de remise en forme, piscine extérieure, etc. En quittant King of Prussia, on se dirigerait vers le nord-ouest, on contournerait les Grands Lacs et on s'arrêterait à Bloomington,

Minnesota, là où est situé LE plus vaste centre commercial des États-Unis, le fameux Mall of America, avec ses trois cent quatre-vingt-dix kilomètres carrés (la Norvège), répartis entre plus de cinq cents boutiques (bientôt neuf cents). On descendrait alors au Ramada Mall of America, situé juste à côté du monstre. Comme on aurait encore le King of Prussia Mall frais à la mémoire, on pourrait faire des comparaisons, dire des affaires comme : « Ouais, c'est vrai que c'est plus gros qu'à King of Prussia, mais me semble que c'est moins bien aménagé » ; « Il y a plus de boutiques, c'est vrai, mais le manger était meilleur en Pennsylvanie » ; « Ouin, on est loin des Galeries du Cap », etc. Et là, tant qu'à s'être aventurés si loin vers l'ouest, on n'aurait qu'à traverser le Dakota du Nord et le Montana, pour ensuite rentrer au pays par l'Alberta et terminer notre voyage en visitant le West Edmonton Mall, le plus grand centre commercial en Amérique du Nord, cette fois, (et cinquième au monde) avec cinq cent soixante-dix kilomètres carrés de surface (pas tout à fait le Kenya, mais presque). Après cette ultime orgie de magasinage, on embarquerait sur la Transcanadienne et hop ! à la maison, avec de quoi à raconter jusqu'à la fin de nos jours. Le budget constitue évidemment la pierre d'achoppement de ce beau projet. (Quel supplice cela doit être que d'errer dans le West Edmonton Mall sans un sou en poche !)

Une idée moins coûteuse consisterait à faire la tournée des « Lick ». Débuter par Lick, en Ohio, et ensuite traverser Cincinnati du nord vers le sud et s'arrêter camper quelques jours au Big Bone Lick State Park. Poursuivre notre route vers le Kentucky, faire le plein à Salt Lick et revenir sur nos pas pour aller flamber quelques dollars au French Lick Resort Casino, situé dans la charmante bourgade de French Lick, dont le principal titre de gloire est d'avoir donné naissance au légendaire Larry Bird, l'un des meilleurs joueurs de l'histoire de la NBA, qu'on surnommait d'ailleurs « the Hick from French Lick ». Après avoir fait fortune à la roulette et s'être recueillis quelques instants sur la tombe de monsieur Bird (s'il est mort) ou s'être fait photographier en sa compagnie (s'il est vivant), lever l'ancre et faire d'une traite les cinq cents kilomètres séparant French Lick de Knob Lick, un trou tellement insignifiant que non seulement Google Maps le snobe, mais que personne n'a encore publié d'article à son sujet dans Wikipedia (où il est pourtant loisible de trouver de l'information sur les matières suivantes : « Le problème de la sexualité entre les hommes et les sirènes dans la littérature » ; « La benzédrine dans la culture populaire » ; « Liste des personnages de fictions avec neuf doigts » ; « Liste des mots anglais contenant un *q* non suivi d'un *u* » ; « Le syndrome de Cotard » (dont sont atteints les gens qui s'imaginent ne point exister) ; « Noms des composés chimiques contenant des mots inhabituels » (comme l'acide angélique et la cadavérine) ; « La mucophagie » (ou consommation de mucus) ; « Le syndrome de Rapunzel » (dont sont atteints les gens qui mangent leurs cheveux) ; « L'histoire de Mary Toft, la femme qui prétendit avoir donné naissance à des lapins » ; « Les personnages historiques ayant porté des chapeaux pointus » ; « Les légendes urbaines impliquant la chaîne de restaurants McDonald's » ; « Le végétarisme d'Adolf Hitler » ; « Les chicken-sexers » (ces gens entraînés à reconnaître le sexe des poulets) ; « Nils Olav, le pingouin colonel en chef dans la garde royale norvégienne » ; « Liste des cochons historiques » ; « L'axinomancie » (ou comment lire l'avenir dans les haches) ; « La religion en Antarctique » ; « La liste des prophéties religieuses ne s'étant pas réalisées » ; « Liste des caméléons fictifs », etc.). On s'arrête donc quelques instants à Knob Lick, avant de repartir vadrouiller à travers le Kentucky, car c'est dans cet État que se trouve la majorité des « Lick » : Lick Fork, Grants Lick, Lick Creek, Mud Lick, Spring Lick, Flat Lick, Paint Lick,

Blue Lick (là où se déroula la fameuse bataille de Blue Lick, en 1782, à laquelle prit part Daniel Boone, et qui fut l'un des derniers affrontements de la guerre d'Indépendance), Beaver Lick, Big Beaver Lick, Plumb Lick, May Lick et Lickburg. Après avoir tiré tout le plaisir possible de Lickburg, quitter enfin le Kentucky et aller jeter un œil sur les quelques autres «Lick» des environs, Lizard Lick, Black Lick, Lick Skillet, en terminant par Otter Lick, en Caroline du Nord. Rentrer par l'Interstate 95, en regrettant pour une fois de n'avoir aucune vie sociale et donc personne à qui claironner qu'on vient de faire la route des «Lick».

Et pourquoi pas un thème alimentaire? Débuter par Cheesecake, dans le New Jersey, et ensuite zigzaguer vers le sud en s'arrêtant à Ham Lake, Sandwich, Hot Coffee, Oniontown, Sugar City, Bacon, Oatmeal, Picnic, Chocolate Bayou, Goodfood et, bien entendu, terminer en Floride, à Two Egg, où l'on se soûlerait dans quelque bar local jusqu'à ce qu'on trouve le courage de leur faire remarquer qu'il manque le «s» à Egg.

Mais on savait, à mesure qu'on parlait, que c'était du flan, qu'on ne mettrait jamais les pieds à Lizard Lick ou à Aztec Lodge. Aussi absurde que cela puisse te paraître, on en était venus à croire que notre clientèle revenait de droit à la famille Smucker. On aurait eu l'impression de commettre une grave trahison en leur chiant dans les mains pour aller frayer avec les rednecks de Tortilla Flat. De toute façon, on a beau faire nos frais en allant revirer à Saint-Côme ou en assistant à des activités culturelles à La Tuque, je parie qu'une fois rendus dans le comté de Lancaster on va estimer qu'il y a suffisamment d'asphalte entre nous et le rocher de Grand-Mère.

26. Steve

En sortant du Gambrinus, on a décidé de regagner la voiture par Des Forges, pour changer. C'est alors qu'on est passés devant la vitrine de Gosselin Photo et que la même idée nous est venue en même temps : cela ne se fait pas de partir en voyage sans appareil-photo.

Là, tu te demandes sans doute ce qu'on branle sur Des Forges, tu te dis que tu en as perdu des bouts, mais ne t'en fais pas, c'est voulu : à partir du prochain paragraphe je vais entreprendre ce qu'on appelle un flashback. Je reprendrai là où on en était et je te raconterai tout ce qui s'est passé avant notre visite chez Gosselin Photo. Il n'y a rien de sorcier là-dedans, c'est un procédé littéraire très courant, ça évite la monotonie d'un récit strictement linéaire et ça donne l'illusion au lecteur que le texte possède une structure, que c'est construit. Monsieur Fisher recommande aux auteurs débutants de ne pas s'aventurer sur ce terrain-là, mais avec près de cent vingt pages au compteur, on ne peut plus me considérer comme une débutante.

Pendant des semaines, il ne s'est rien passé de notable. Dès qu'on disposait de quelques dollars, on les transformait en essence et on partait en expédition. Par exemple, si après avoir vidé nos poches, raclé les fonds de tiroirs et vendu les bouteilles, on arrivait à un total de 17,46 $, on allait au Olco, on regardait le pompiste dans les yeux et, sans sourciller, on lui disait : « Tu vas nous mettre pour 17,46 $ d'ordinaire, s'il te plaît. » Ensuite, on tenait un bref conciliabule afin de déterminer jusqu'où on pouvait se rendre avec cette quantité d'essence. « Avec dix-huit piastres de gaz, je dirais qu'on va revirer à Lac-aux-Sables aller-retour.

— Je te trouve un peu timoré, mon gars, moi je pense qu'on peut pousser jusqu'à Rivière-à-Pierre sans problème.

— À la rigueur, mais ça serait pas mauvais qu'on se garde un fond de réservoir pour nos déplacements quotidiens.

— T'as raison. Va pour Lac-aux-Sables. »

On savait que pour bien faire il aurait fallu mettre de l'argent de côté. Avec l'auto qui nous avait coûté deux mille dollars plus cher que prévu, il nous en resterait tout juste six mille pour financer notre voyage. La solution évidente consistait à écourter notre séjour, mais on refusait de l'envisager. À la place, on avait décidé de revoir nos estimations à la baisse. J'ai dit plus haut qu'une chambre pour deux au Bird-in-Hand Family Inn coûtait 127,65 $. Par contre, une chambre en occupation simple nous reviendrait à seulement 98,79 $, une économie d'à peu près trente dollars par jour. Jude a du mal à dormir dans le même lit que moi parce qu'il paraît que je gigote beaucoup dans mon sommeil, mais pour quelques semaines il va s'en accommoder. Et quand je disais qu'il nous en coûterait deux cent cinquante dollars par jour (hébergement inclus) pour subsister, je calculais trois repas par jour au restaurant, mais je me rends compte que je partais en peur. On peut très bien, certains matins, déjeuner d'une miche de pain et d'un café, et acheter un truc à l'épicerie pour notre repas du midi. Ou simplement avaler un sandwich et une Mars en provenance d'une distributrice. Bref, si on consent à ne pas trop faire nos princesses, on devrait facilement s'en sortir pour cent cinquante dollars par jour.

En fait, la seule chose qui nous préoccupe au sujet de notre voyage est : que va-t-on faire de Steve ? Mais avant de débattre de cette question dans ta face, la moindre des choses serait que je te présente Steve.

Quand on l'a rencontré, il marchait au bord de la route 155, à la sortie de Grandes-Piles, en direction de Saint-Roch-de-Mékinac. On ignore encore à ce jour s'il comptait effectivement se rendre à Saint-Roch-de-Mékinac, mais cela eût été l'effet d'une ambition démesurée : qu'il pût encore marcher tenait déjà du prodige. Il empiétait sur la chaussée au point où il nous a fallu ralentir et mordre sur la double ligne jaune afin de l'éviter. Quelqu'un roulant un peu plus vite que nous ne l'aurait peut-être pas aperçu à temps. « Hé ! C'était quoi, ça ?

– On aurait dit une hyène, mais je pense qu'il n'y a pas de hyènes par ici. Un coyote, peut-être ?

– Non, c'était blanc avec des taches. Je pense que c'était juste un chien pas très beau.

– On devrait peut-être l'aider… »

On a garé la Monte Carlo dans la cour de Chaîné Auto et on a marché en direction de l'animal. On se disait que c'était peine perdue, qu'il allait s'enfuir dans les bois en nous voyant, mais peut-être aussi se laisserait-il approcher et, s'il portait une médaille, on pourrait téléphoner chez lui pour qu'on le rapatrie. Il ne s'est pas enfui à notre vue, il a simplement continué à trottiner péniblement en direction de Saint-Roch-de-Mékinac sans nous accorder un regard. Ça n'était pas du snobisme de sa part, je crois plutôt que son instinct l'avertissait que la prochaine fois qu'il s'arrêterait risquait fort d'être la dernière. Il disposait de suffisamment d'énergie pour se maintenir en mouvement, mais il savait qu'il n'en aurait jamais assez pour s'arracher à nouveau à l'inertie. Jude disait vrai : il s'agissait effectivement d'un chien pas très beau. Sa configuration générale s'apparentait à celle du lévrier, mais son bagage génétique contenait vraisemblablement l'ADN de toutes les races canines, à l'exception peut-être du saint-bernard. Il avait un peu la tête d'un colley, mais avec des petits yeux ahuris de chihuahua et un museau comme celui du chien de ma cousine Karine, un hideux chinese crested du nom de Marius. Ses côtes saillaient sous son pelage d'un blanc grisâtre constellé de taches noires et brunes. Il était si maigre qu'il fallait jouer sur les mots pour en parler comme d'un être en trois dimensions. On a attendu qu'il arrive à notre hauteur et on lui a emboîté le pas. Je lui ai posé les questions d'usage, de ma voix la plus rassurante : « C'est à qui le beau p'tit pitou ? Comment qui s'appelle le pitou ? Est où ta maison ? » Les réponses à ces questions étaient évidentes (« À personne » ; « J'ai pas de nom » ; « C'est quoi une maison ? »), mais César (celui de *L'homme qui parle aux chiens*) prétend que les chiens sont sensibles aux inflexions de la voix. Je ne jurerais pas que je suis parvenue à gagner sa confiance, toutefois quand on est revenus chez Chaîné Auto et que je l'ai invité à grimper dans la voiture, il n'a hésité que quelques secondes (le temps de se dire : « Bah ! Au point où j'en suis… ») avant de se hisser, de peine et de misère, sur la banquette arrière.

On a fait demi-tour et on est allés au Marché Grandes-Piles, sur le boulevard Ducharme, acheter de la bouffe à chien. On a pris deux cannes de Dr. Ballard (pas du vrai, du Nos Compliments, je pense que ça n'existe plus, du Dr. Ballard), que la dame au comptoir a eu la gentillesse de nous ouvrir, et un *Journal de Montréal* destiné à servir de gamelle. On lui a servi ça sans façon, dans le parking du Marché. Il s'est mis à bâfrer en jetant des regards inquiets autour de lui, anxieux à l'idée que quelqu'un ne vienne lui disputer son festin. La dernière bouchée avalée, il a attendu quelques secondes dans l'espoir d'un deuxième service puis, voyant que rien ne venait, il est remonté dans la voiture. On voyait bien qu'il avait encore faim, mais comme il est déconseillé de se surcharger l'estomac après avoir jeûné, on a ignoré ses regards implorants et on a démarré. On roulait depuis cinq minutes en silence, quand Jude a demandé : « Bon, qu'est-ce qu'on fait ? »

– Je sais pas.

– On devrait lui faire un lift jusqu'à la SPCA de Trois-Rivières. Je pense que c'est la succursale la plus proche.

– À la SPCA, ils vont le mettre dans une cage, et au bout de quinze jours ils vont le gazer. Tant qu'à ça, on aurait dû le laisser crever sur le bord de la route.

– Peut-être que quelqu'un va l'adopter…

– L'as-tu bien regardé ? C'est un cauchemar sur quatre pattes. Personne va l'adopter.

– Bin qu'est-ce qu'on fait d'abord ?

– Bin…

– Tu veux le garder ?

– Euh…

– On n'a pas le droit d'avoir des animaux, c'est sur notre bail.

– C'est écrit ça sur tous les baux, mais je pense pas que madame Rheault va chialer. Elle le saura jamais, de toute façon.

– Ouais, c'est sûr, mais…

– Mais ?

– Un chien, c'est une responsabilité. C'est quelque chose de vivant qui va dépendre de nous pour sa survie et son bien-être. Ça t'angoisse pas ?

– En hostie ! Ça nous prend tout notre petit change pour nous maintenir en vie nous-mêmes. Mais c'est quoi les autres options ? Si on avait suivi notre première idée et qu'on était passés par Saint-Jean-des-Piles, on n'aurait pas croisé sa route et il serait sûrement mort avant le coucher du soleil.

– Ouais, qu'est-ce qu'on avait à glander à Saint-Jacques-des-Piles ?

– Il va falloir lui trouver un nom.

– C'est sûr. As-tu des idées ?

– Hmm… non, mais ça prendrait quelque chose de plutôt minable, pour coller à son look. Surtout pas un nom d'empereur ou de personnage mythologique.

– Qu'est-ce que tu penses de Steve ? Me semble que c'est le nom le plus loser au monde. Tiens, essaie juste de me nommer un Steve qui a réussi dans la vie.

– Steve McQueen, Steve Jobs, Steve Yzerman…

– Des anglophones. Mais avoue qu'au Québec il n'y a rien de plus ringard qu'un Steve. C'est généralement les assistés sociaux qui donnent des noms américains à leurs enfants.

– Ouais, c'est clair. Et puis c'est vrai qu'il a l'air d'un Steve.

– Va pour Steve, donc ?

– Va pour Steve ! »

27. *Justine a un gros cul*
(parce que je tiens mes promesses, moi)

Même avec les fenêtres ouvertes, l'air est vite devenu irrespirable dans la voiture. L'odeur rappelait celle du jus verdâtre qui suinte des bennes à ordures. Il n'était pas question qu'il mette une patte chez nous avant d'avoir fait un brin de toilette. On s'est arrêtés chez ma mère. Pendant que Jude conduisait Steve dans la cour, je suis allée dans la salle de bain chercher du shampoing, une serviette et un gant de crin. André, le conjoint de maman, est accouru s'informer de ce que je tramais. « On lave notre chien. » Déchiré entre le désarroi que lui causait notre intrusion et son désir de paraître cool, il a simplement fait remarquer que « Sylvie sera pas contente-contente quand elle va voir que vous avez utilisé son gant de crin et une serviette propre pour nettoyer un chien ». Je lui ai concédé ça et je suis sortie rejoindre Jude et Steve.

Le jet d'eau froide n'a pas semblé faire plaisir à Steve, mais il ne s'est pas défilé, il a attendu stoïquement que ça passe, nous fixant de ses grands yeux tristes, l'air de dire : « Je commençais à croire que vous étiez peut-être des gens biens, et là vous me faites ça. Mais bon, c'est tellement comme tout le reste que je ne peux même pas dire que je suis déçu », ou peut-être que c'est moi qui sur-interprète. Je lui ai fait un bon shampoing, je lui ai passé le gant de crin, je l'ai épongé comme il faut et je suis allée jeter tout ce qui avait servi à sa toilette pendant qu'il achevait de sécher au soleil.

Avant de rentrer, on est passés par la clinique vétérinaire, au coin de la Sixième et de la Huitième, et on a fait l'acquisition d'une grosse poche de moulée de marque Orijen, de deux bols, d'un collier, d'une laisse, d'un os en cuir et d'un gros coussin. Total : 72,85 $. On n'a rien dit, mais on a pensé : « Au prix qu'il vient de nous coûter, cet hostie-là, il a intérêt à vivre au moins six mois, qu'on ait un peu l'impression de rentrer dans notre argent. » Voyant nos achats, la madame au comptoir en a brillamment déduit qu'on venait d'acquérir un chien et s'est mise à nous parler de vaccins, de carnet de santé et de stérilisation. On a pris son dépliant pour la faire fermer et on l'a jeté dans la première poubelle qu'on a croisée. On n'en a même pas nous-mêmes, de carnets de santé, alors hein…

On a déposé sa nourriture et son coussin dans la partie du salon où se trouve l'ordi, et on a vaqué à nos petites affaires le temps qu'il se familiarise avec les lieux. Au bout d'une minute, il avait bu toute son eau et englouti sa portion d'Orijen. Il paraît qu'il ne faut pas boire en mangeant, que c'est mauvais pour la digestion, l'eau faisant gonfler les aliments. J'imagine que c'est encore pire quand tu as bouffé deux cannes de Dr. Ballard dans l'heure précédente. Mais les conseils de nutrition, c'est bon pour ceux qui sont habitués de manger tous les jours. Du point de vue de Steve, cette journée constituait une anomalie. Une telle abondance ne pouvait pas durer. Dans ces conditions, le simple instinct de survie commandait d'en profiter pendant que ça passait. Ses deux bols vidés, il a jeté un œil sur son coussin puis, l'ayant jugé non comestible, il s'en est désintéressé et s'est hissé sur le divan, où il s'est roulé en boule et s'est endormi aussitôt. Il y est encore au moment où j'écris ceci et là il a l'air de rêver qu'il court ou qu'il creuse un trou parce qu'il bouge ses pattes et pousse des petits gémissements. « Un coussin à vingt piastres ! Il aurait pu au moins l'essayer.

– Bah ! On lui expliquera ça quand il se réveillera. Pour le moment on a un problème plus important à régler.

– Comme ?

– Comme : qu'est-ce qu'on va faire de lui pendant qu'on va être à Bird-in-Hand ? Tu y avais pensé ?

– Vaguement, mais on part pas tout de suite. Et c'est toujours dans l'urgence de la dernière minute qu'on règle nos problèmes.

– Ouais, sauf que d'habitude nos problèmes ne concernent que nous. Si on agit comme des morons, on est les seuls à en pâtir. Là, ça implique Steve et ça fait partie de nos responsabilités de maîtres de prendre les bonnes décisions concernant son bien-être.

– Mais c'est pas vraiment un problème : on a juste à l'emmener. C'est facile de voyager avec un chien aux États, il y a beaucoup d'hôtels pet-friendly, et même des restaurants. Les Américains vénèrent les animaux domestiques.

– Mais pour passer la frontière avec un animal, c'est la croix et la bannière. Il faut qu'il soit enregistré, vacciné et ça prend toutes sortes de permis. C'est des kilomètres de formulaires à remplir et on s'en sort pas en bas de mille piastres. Je le sais : la sœur de ma grand-mère va en Floride chaque hiver et elle emmène Muguet.

– On fait quoi, d'abord ?

– Il va falloir le faire garder, mais je vois pas par qui.

– On peut le laisser ici et demander au voisin de passer le nourrir et lui faire faire sa promenade tous les jours. Il est toujours rendu chez nous de toute manière, il pourrait bien se rendre utile une fois de temps en temps.

– Es-tu fou ! Je voudrais pas être redevable au voisin même si ma vie en dépendait.

– Qui, alors ? Mes parents en voudraient pas à cause des risques de conflit avec les chats, et ta mère a peur des chiens. Ta sœur, par contre…

– Elle va dire qu'elle a pas le temps. C'est son plus grand plaisir dans la vie, dire qu'elle a pas le temps.

– Mais elle a le temps. Elle habite tout près et elle sort tous les jours, anyway, pour promener Bilbo. Elle aurait juste à prendre Steve en passant. Elle pourrait même le garder chez elle, ça ferait de la compagnie à Bilbo.

– Ouais, mais elle va quand même dire qu'elle a pas le temps.

– Demande-lui toujours, on n'a rien à perdre.

– En dernier recours.

– On en est au dernier recours. Avec nos parents et le voisin, on a pas mal fait le tour de nos connaissances. À moins que tu demandes à Sébas…

– Là, j'aurais vraiment l'impression d'abuser de son bon naturel.

– Peux-tu penser à quelqu'un d'autre ?

– Bon, passe-moi le téléphone, j'appelle ma sœur. »

Elle a répondu au bout de quatre-cinq coups, comme elle fait toujours pour donner l'illusion qu'elle est occupée. Je lui ai exposé le but de mon appel sans tourner autour du pot : « Garderais-tu notre chien pendant un mois et demi, cet automne, pendant qu'on va être en Pennsylvanie ?

– Vous avez un chien ?

– Je te demanderais pas de le garder, autrement. En fait, c'est tout nouveau, on l'a depuis tout à l'heure.

– Vous l'avez acheté où ?

– On l'a trouvé.

– Ah. Et c'est quelle sorte de chien ?

154

– C'est pas une sorte en particulier. Mais t'as pas répondu à ma question.

– Oui, ça va me faire plaisir.

– Vraiment ? Ça te dérange pas ?

– Pas une miette. Surtout que vous partirez pas.

– Pourquoi tu dis ça ?

– Parce que c'est vrai. Vous ferez pas de voyage en Pennsylvanie, ni ailleurs, et vous ferez rien d'autre non plus. Comment je te dirais ça ?... Jude pis toi, pris individuellement, vous seriez un boulet pour n'importe qui, mais ensemble vous êtes comme deux boulets attachés l'un à l'autre, tu comprends ? Je dis pas ça pour être méchante et j'ai rien contre Jude, mais à un moment donné il va falloir que tu réalises que...

– Ouais, c'est bon, tu m'as déjà raconté ton histoire de boulets, je sais tout ça, mais si je saisis bien tu acceptes de nous rendre service parce que t'es certaine que t'auras pas à le faire ?

– Ça ressemble à ça.

– Eh bien, je retiens ton oui. Là, on est quoi ? le 24 juillet ? L'argent devrait rentrer dans un mois environ. Deux semaines après, on s'arrache et on te laisse notre chien en passant. Je considère que j'ai ta parole.

– Quel argent ?

– L'argent du Conseil des Arts pour le livre qu'on est en train d'écrire. Je t'en avais parlé, mais tu devais pas m'écouter.

– Vous écrirez pas de livre.

– Veux-tu gager ?

– Ce que tu veux.

– Si t'es si certaine qu'on écrira pas de livre, tu nous autorises à ce qu'on l'intitule *Justine a un gros cul* ou *Justine pue des pieds* ?

– Certainement. J'ai hâte d'avoir mon exemplaire signé de *Justine a un gros cul* !

– Euh… je pense qu'on va se contenter d'appeler un chapitre comme ça. Mais on va le faire, et tu vas l'avoir, ton exemplaire signé.

– Cool.

– Je t'appellerai une couple de jours avant de t'amener Steve.

– Steve ?

– Le chien.

– Ah. Parfait. »

28. *La journée des grosses surprises*

Steve s'est rapidement adapté à sa nouvelle vie de chien domestique. L'idée d'être pris en charge, de voir la bouffe tomber du ciel à intervalles réguliers ne l'a pas du tout blessé dans son amour-propre. Il a accepté ça comme son dû. Un vrai BS dans l'âme. Il s'est même permis une mini-grève de la faim, certain jour où on lui a servi du Orijen volaille et légumes au lieu de celui au bœuf. (Mais on est demeurés inflexibles et il a craqué au bout de quinze minutes.) Il fait légèrement moins dur maintenant qu'il a pris un peu de poids, mais, disons les choses comme elles sont, il ne gagnera jamais de concours de beauté. Par contre, il est intelligent comme un petit singe. Il va chercher sa laisse quand je dis que c'est l'heure de sortir ; il happe, à mon signal, une gâterie déposée sur le bout de son museau ; il apprend à faire semblant d'être mort, mais ce n'est pas encore au point. Si on vivait dans une vraie ville, on pourrait monter un numéro et le présenter dans les quartiers touristiques. On se mettrait riches. Même si c'est moi qui lui enseigne tous ces trucs, et même si c'est moi qui le gâte le plus (je le laisse toujours finir mon assiette et je lui donne mes restants de drumsticks), je dois admettre qu'il a une préférence marquée pour Jude. Il m'aime beaucoup, c'est certain, mais si le feu

157

prenait et qu'il ne pouvait sauver qu'un seul d'entre nous, je ne me ferais pas trop d'illusions. Jude, c'est carrément la huitième merveille du monde. Il suffit qu'il s'ouvre la trappe pour que Steve se mette à taper de la queue sur le plancher.

Une fois, ça fait une couple d'années, la mère de Jude avait recueilli une petite chatte errante qui, une fois installée, avait refusé net de remettre le nez dehors. (Tempête, qu'elle s'appelait, et elle non plus n'aurait pas décroché de ruban dans les expositions félines.) Elle semblait craindre que la porte se referme définitivement derrière elle si par malheur elle venait à la franchir. Ses anciens maîtres lui avaient sans doute fait le coup, alors on ne la reprendrait plus. J'avais peur au début qu'il en aille de même avec Steve, que ses semaines (mois ?) d'errance l'aient dégoûté du plein air et qu'il devienne une patate de divan. Eh bien, non : il adore sortir, s'il n'en tenait qu'à lui il passerait huit heures par jour dehors. Sa promenade préférée est la suivante : on prend la Troisième jusqu'à la Grand-Mère Shoes (oui, je sais, ça fait longtemps que ça n'est plus la Grand-Mère Shoes, mais nous les vieux on reste attachés aux anciens noms : la boutique à côté de chez Matteau, pour moi c'est encore Claire Corsetterie ; La Source, c'est encore Bonbon Thérèse, etc., et ça va être comme ça jusqu'à ma mort), on se rend jusqu'à la Grand-Mère Shoes, donc, et on pénètre dans le bois par la côte menant au club XM Mauricien. Là, un réseau de sentiers nous mène de l'autre côté de la colline, jusque sur la Dix-huitième Avenue (en passant, il paraît qu'il ne doit pas y avoir deux artères portant le même nom sur le territoire d'une municipalité, eh bien, il y a deux Dix-huitième Avenue à Grand-Mère : celle-là et celle du Domaine). On bifurque sur le chemin des Cormiers, on longe Beau-Rivage et on revient par le chemin des Marronniers. On regagne la civilisation, façon de parler, par la Huitième Avenue Sud, qui est le nom officiel de la côte du Grand-Nord. On boucle ce trajet en trois heures, mais là-dessus on s'attarde longuement dans la forêt, où Steve aime bien pourchasser des bêtes, réelles ou imaginaires.

Généralement, on fait une deuxième promenade après souper, mais un peu moins longue. On se contente, par exemple, d'aller au parc de la Rivière, où je m'assoie sur un banc pendant que Steve s'amuse à renifler le derrière des autres chiens se trouvant là, ou à japper après les canards depuis la berge. La plupart du temps, Jude passe son tour pour cette promenade vespérale. J'étais donc seule avec le chien, lundi soir dernier, quand Sébas est venu me rejoindre. « J'ai appelé chez toi, Jude m'a dit que j'aurais des chances de te trouver ici », il a dit en s'asseyant à mes côtés. Cette entrée en matière m'a légèrement inquiétée. Ça n'est tellement pas son genre d'imposer sa présence. On s'était revus à quelques reprises au cours des derniers mois, pour prendre un café ou juste pour faire une Sixième, et chaque fois il avait pris la peine de téléphoner au préalable : « Euh, Tess… c'est Sébastien… euh… je me demandais si ça te tenterait de venir prendre un café avec moi cet après-midi. Bin juste si ça te tente, là, si t'as rien d'autre de prévu. Mais… euh… sinon c'est pas grave. » Alors, qu'il débarque comme ça, sans s'annoncer et sans paraître gêné de son culot, cela m'a fait subodorer qu'il avait quelque chose d'important à me dire, mais, n'étant pas d'une nature optimiste, je n'ai pas songé une seule seconde qu'il pouvait s'agir d'une bonne nouvelle. J'imaginais plutôt des scénarios catastrophe, genre lui se mettant à genoux et me présentant un écrin en me faisant un speech à propos d'unir nos destinées. « Jude m'a dit que tu étais allée promener le chien. J'en ai déduit que vous aviez un chien…

— Très fort, Holmes.

— C'est lequel ?

– Le blanc avec des taches, là-bas.

– Ça ressemble pas à un chien.

– On s'habitue.

– C'est un vrai squelette. Vous le nourrissez pas ?

– Tu le croiras pas, mais il a triplé de volume depuis qu'on l'a.

– Bin, dis donc ! Il s'appelle comment ?

– Steve.

– Ça lui va bien.

– …

– À part ça… euh… ça avance, le bouquin ?

– Ouais, pas mal. Si on revient des États en novembre, comme prévu, je devrais être capable de le finir dans le courant de l'hiver, de le corriger au printemps et de l'envoyer à temps pour la prochaine rentrée.

– Bon plan. Et si tu vends les droits pour le cinéma – ce qui va immanquablement se produire –, le film pourrait sortir d'ici deux ans.

– Exactement !

– Au fait, tu vois qui pour jouer ton rôle ?

– Audrey Tautou, qui d'autre ? Tu trouves pas que je lui ressemble ?

– Euh… pas spécialement.

– Franchement ! On a les yeux et les cheveux de la même couleur.

– Oh ! Dans ce cas-là, je ressemble à Brad Pitt !

– Deux gouttes d'eau.

– …

– Euh… quand t'es arrivé j'avais l'impression que t'avais quelque chose à dire. Mais je me trompe peut-être…

– Ah ! Oui ! J'allais oublier…

– Quoi ?

– En fait, j'avais pas vraiment quelque chose à te dire. Plutôt quelque chose à te donner.

– Qu'est-ce que tu voulais me donner ?

– Bah ! Presque rien : douze mille dollars. Moins ce que tu me dois pour votre affreuse voiture, mais c'est encore un beau montant. »

Ça n'était pas une phrase très compliquée, mais mon cerveau n'a pas décodé sur-le-champ. Je suis tellement habituée à ce que les choses finissent en queue de poisson, à ce que rien n'aboutisse jamais, que les circuits cérébraux régissant la réaction au succès sont désactivés depuis longtemps dans ma tête. Je me suis répété sa dernière réplique des dizaines de fois, essayant d'en comprendre le sens, passant en revue toutes les interprétations possibles. Il m'a bien fallu un gros deux minutes avant que j'en arrive à la conclusion que l'interprétation littérale était probablement la bonne. Pendant que ce travail mental s'opérait, Sébastien sortait un papier de son sac et me le tendait. Il s'agissait d'un chèque de douze mille dollars, émis par le Conseil des Arts du Canada et libellé à son nom. « Tu me niaises…

– Si j'étais capable de fabriquer des faux chèques aussi bien imités, tu m'aurais jamais vu manger au Subway.

– Ça a marché…

– On dirait.

– On a demandé du fric et ils nous l'ont donné… c'est fou. »

Après que j'ai eu repris mes esprits, Sébas et moi avons convenu d'un rendez-vous le lendemain, à la Banque Nationale, afin de faire convertir ce bout de papier en bon argent et de régler nos petites affaires. Pour le moment, je me suis excusée de le quitter si brusquement, mais il fallait que je coure annoncer la nouvelle à Jude. J'ai appelé Steve et je lui ai remis sa laisse. Je m'apprêtais à filer quand Sébas m'a retenue : « Euh… Tess…

– Oui ?
– Tu savais que c'était une femelle ?
– Hein ? Quoi ?
– Steve. C'est une femelle.
– Bin voyons donc !
– Regarde.
– Wow ! C'est vrai.
– C'est la journée des grosses surprises, on dirait. »

29. Célébrations

Estimant qu'il eût été puéril de ménager mes effets, j'ai tout balancé à la tête de Jude en mettant le pied dans l'appart : « Steve est une fille et on a le fric ! » Il a eu la même réaction que moi. Il a interrompu l'action en cours (la vaisselle, en l'occurrence), est allé s'asseoir dans le salon, où il est demeuré silencieux un long moment, une ride de perplexité lui barrant le front. Puis il s'est levé et est allé s'accroupir près du chien qui lapait dans son bol d'eau. « Ciboire ! T'as raison ! C'est quoi l'équivalent féminin de Steve ?... Sandra ? Linda ?

– Elle va continuer de s'appeler Steve, elle est habituée comme ça. On ne débaptise pas un chien, ça risque de le perturber. César l'a dit. Et puis Steve c'est OK pour une fille : la chanteuse de Fleetwood Mac s'appelait Stevie Nicks.

– Stevie. Pas Steve.

– Ouais, bon. Mais là j'ai l'impression que tu focusses pas sur la partie la plus importante de ma phrase.

– On a le fric.

– Oui, on a le fric.

– On leur a envoyé une pleine enveloppe de bullshit et en retour ils nous donnent un chèque de douze mille piastres. Le voisin avait raison : qu'on se demande pas pourquoi le pays est dans le trou… Là, qu'est-ce qu'on fait ?

– J'ai rendez-vous avec Sébas demain à midi : il encaisse le chèque, prend sa part et nous donne le reste. Après ça, on pourra commencer nos préparatifs, payer ton renouvellement de permis, nous acheter des valises et quelques vêtements, etc. Mais je propose qu'on commence par célébrer.

– C'est sûr. Il va tout de même falloir y aller mollo sur les célébrations. Souviens-toi qu'on a un budget serré.

– Oui, on célébrera raisonnablement. Un bon repas dans un vrai restaurant, quelque chose dans le genre, juste pour souligner l'événement. »

Le lendemain, à l'heure dite, je retrouvais Sébastien devant la Banque Nationale. On entend souvent dire (par des pauvres, surtout) que l'argent n'achète pas l'amour. Rien n'est plus faux. Ça n'achète que cela. Les gens deviennent très affectueux avec vous lorsque vous dépensez de grosses sommes dans leurs boutiques ou que vous effectuez de grosses transactions dans leurs institutions financières. La dame au comptoir s'est montrée d'une gentillesse frôlant l'obséquiosité pendant que Sébastien lui exposait notre cas (« Je voudrais déposer ce chèque dans mon compte et ensuite faire un virement de six mille dollars dans le compte de mademoiselle »), hochant la tête et le regardant comme les apôtres devaient regarder Jésus lors de la Transfiguration. La transaction terminée, je me suis précipitée au guichet automatique, où j'ai procédé à une interrogation de solde. « Fonds disponibles : 6234,89 $ ». Je sais bien que pour toi, lecteur, cela ne représente pas grand-chose, que ça ressemble à une de tes payes, mais à mon échelle cela constitue une véritable fortune. Je suis sortie rejoindre Sébastien sur le trottoir. Comme on allait partir, je lui ai demandé de m'attendre et je suis entrée à nouveau dans la banque faire une autre interrogation de solde.

Mon solde s'élevait toujours à 6234,89 $. Cette fois, j'ai fait imprimer un relevé pour le montrer à Jude. Juste avant qu'on se sépare, au coin de la Huitième, Sébastien m'a dit : « Euh… Tess, je voudrais pas me mêler de ce qui me regarde pas…

– Oh, gêne-toi pas.

– Tu m'avais expliqué que toi et Jude comptiez épargner pour arrondir votre magot. Quelque chose me dit que vous l'avez pas fait…

– T'as raison, ça a pas adonné. À la place, on va couper dans les dépenses.

– Tout de même, six mille dollars, c'est pas le Pérou. T'sais, ça me dérangerait pas de te prêter encore un peu d'argent. Avec juste mille piastres de plus, vous seriez déjà moins gênés aux entournures…

– Écoute, Sébastien, peut-être que je me trompe (dans ce cas-là tu pourras me traiter de nounoune), mais… euh… j'ai l'impression que tu m'offres ça juste parce que t'as peur de plus entendre parler de moi maintenant qu'on est quittes.

– Qu'est-ce que tu racontes ! Premièrement, on n'est pas quittes : tu m'es éternellement redevable du fait que je t'ai laissée utiliser mon nom auprès des institutions.

– Oui, c'est sûr, mais…

– Je te niaise.

– Oh.

– Mais si je comprends bien ce que tu dis, les quelques fois où tu as consenti à venir prendre un café avec moi, c'était uniquement pour ménager la susceptibilité du gars à qui tu devais de l'argent.

– Bin non, voyons ! Mettons que j'ai rien dit.

– OK, mais l'offre tient toujours : mille dollars, que tu pourrais me rembourser en plusieurs petits versements, quand ça te conviendrait.

– C'est certain qu'on serait moins serrés avec mille piastres de plus. Eh bien, c'est d'accord. Encore une fois, je sais pas comment te remercier…

– J'aurais des suggestions, mais tu voudrais rien savoir.

– Épais ! »

On est retournés à la banque. Il est entré et est ressorti quelques minutes plus tard en agitant une liasse de billets. Il y avait cinq cents dollars en billets de cent, le reste en petites coupures. J'ai fourré ça dans la poche arrière de mon jean (un mois de salaire, cent heures debout dans un uniforme laid derrière des bacs de viande froide et de légumes), j'ai remercié Sébastien encore une fois et je suis rentrée à la maison.

J'ai dit plus haut que je préférerais mourir plutôt que d'être redevable au voisin, mais j'ai dû mettre un peu d'eau dans mon vin : on n'avait que lui sous la main pour tenir compagnie à Steve pendant nos célébrations. Puisqu'on ne partait que quelques heures, on aurait simplement pu lui donner de l'eau et de la nourriture en quantité suffisante, mais elle ne supporte pas d'être laissée seule. L'unique fois où c'est arrivé, elle a protesté en commettant quelques actes de vandalisme (vidé la corbeille dans la chambre de Jude, éventré un coussin, violenté un kleenex, etc.). On a compris le message. De toute façon, on ne sera pas si redevables que ça au voisin : il n'aura qu'à faire acte de présence, ce qui est sa spécialité. En plus, on lui laisse un frigo plein de bières. Il va se soûler en jouant au Xbox et en regardant des vidéos cochons sur Internet, et il ne se rendra même pas compte qu'il n'est pas chez lui.

On avait d'abord pensé réserver une table au Toqué ou au Laurie-Raphaël, quelque chose comme ça mais, pour être conséquents avec notre politique de célébration raisonnable, on s'est contentés du Guéridon, à Trois-Rivières. Et tant qu'à passer par la capitale régionale, on a décidé de joindre l'utile à l'agréable et de faire un saut au Centre Les Rivières afin d'effectuer quelques emplettes en vue de notre voyage. Des vêtements, pour commencer. Jude ne voulait rien savoir de s'acheter du linge, mais je lui ai fait remarquer qu'en Pennsylvanie on serait loin de la machine à laver de ma mère et qu'il n'irait pas chier loin avec ses deux paires de jeans, ses quatre t-shirts troués, ses vieilles espadrilles à dix piastres et le chandail de laine qu'il portait sur la photo de groupe en secondaire 5. De toute façon, on ne le laisserait sans doute même pas entrer dans un restaurant milieu de gamme comme le Guéridon attriqué comme ça. Il a ronchonné un peu, mais il s'est laissé faire. Je ne l'ai pas manqué : il est ressorti du centre commercial sapé comme un petit monsieur. Chez Jack & Jones, je lui ai choisi deux paires de chaussures : une jolie paire en cuir de marque Santoni, et de robustes bottillons de marche Nike. J'ai tendu la carte de débit sans m'informer du total, mais rien qu'à voir l'amour dans les yeux du vendeur, j'ai compris que Jude serait un des seuls assistés sociaux de la province à porter des Santoni. C'est comme ça : il faut payer pour la qualité. Ensuite, juste par principe, on lui a pris quelques sous-vêtements chez Caleçons Vos Goûts (encourager les commerces ayant un jeu de mots idiot comme raison sociale), et on a déniché tout le reste chez West Coast. Pour ma part, j'ai trouvé mon bonheur chez Garage et chez Jacob Connexion. Après ça, on est allés chez Bentley où on a fait l'acquisition de deux sacs de sport de marque Skyway et de deux valises sur roulettes Samsonite. Cela devrait suffire.

On a sifflé quelques pintes au Nord-Ouest, coin Notre-Dame et des Forges, et à la brunante on s'est dirigés tranquillement pas vite vers le Guéridon. Jude portait déjà ses vêtements neufs et ses beaux souliers Santoni ; en ce qui me concerne, je n'avais pas cru bon me changer, m'estimant suffisamment présentable dans mon vieux linge. Sauf que là, je m'étais renversé un peu de Hoegaarden dessus, et ça ne se fait pas de débarquer dans un restaurant autre qu'un Stratos en sentant la bière. On est donc passés par la voiture, où je me suis choisi une tenue, et on a fait un crochet par la rue du Fleuve en nous disant qu'on trouverait là un coin désert où je pourrais me changer. J'ai effectué l'opération en vitesse, derrière la station d'assainissement des eaux. «Bon, maintenant, allons porter ton vieux linge dans l'auto et allons bouffer», a dit Jude. J'ai dit non, on a assez perdu de temps et là je crève la dalle, alors j'ai couru et j'ai tout balancé dans le fleuve. Bon débarras ! Ça faisait quand même trois-quatre ans que je l'avais, ce t-shirt-là, même chose pour les jeans, on ne peut pas dire que je jette mes choux gras.

Monsieur Fisher dit que le grand public n'est pas trop sensible à la beauté des mots, qu'il veut avant tout se faire raconter une histoire. Je n'ai pas honte de l'avouer : mes goûts rejoignent assez ceux du grand public. Les mots pour les mots, ça n'est pas trop ma tasse de thé. Je fais toutefois une exception pour les menus de restaurants. Moi qui préférerais laver le plancher à quatre pattes plutôt que d'ouvrir un bouquin de poésie, j'irais au restaurant uniquement pour me délecter des descriptions de plats. Tiens, je ne peux pas résister à la tentation de t'offrir quelques extraits (c'est sur le site du Guéridon, si tu veux l'intégrale) :

Asperges déclinées
au fondant de Fleur des Monts, jambon Serrano, tomates confites et coulant d'œuf de caille, vinaigrette Banyuls à la truffe d'été

Courge musquée en crémeuse
effiloché d'émeu fumé de Charlevoix et trompettes des morts, sabayon à la noisette tranché au vieux vinaigre balsamique

Pigeonneau de 28 jours de la ferme Turlo
poitrines cuites rosées parfumées à la cardamome et cuisses
confites farcies au foie gras, son jus goûteux aux abats
(C'était ça mon plat principal !)

Ris de veau et crevettes sauvages
gnocchis à la courge musquée rôtis, tiges et feuilles de
bette à carde cuisinées, jus crémeux au muscat de Samos
et morilles

Gigue de caribou
rôtie au poivre Sarawac, poêlée de champignons sauvages,
poire écarlate aux fines épices, réduction d'une poivrade aux
fruits des champs et beurre de chicoutai

La Boutique
transparence de baba au rhum et pulpe de passion, macaron en
religieuse au nectar de framboise et chocolat,
gâteau au fromage à la crème citron
(C'était ça mon dessert !)

Le Cognac
pyramide glacée et craquante au praliné, romias, avelines
caramélisées et beurre d'érable.

C'est joli, hein ? Pour les vins aussi, on s'est laissé guider
par l'euphonie, on a commandé en apéro une bouteille d'Extra-
Brut Blanc d'Argile Vouette et Sorbée. Plus tard, un sommelier
est venu nous péter de la broue à propos des accords vin-mets.
On l'a (poliment mais fermement) envoyé promener. Par
exemple, avec mon plat principal, il voulait me faire boire
un vin banalement appelé Bourgogne Saint-Aubin 2007. J'ai
plutôt opté pour un Fiefs Vendéens 2003, La Grande Pièce,
Domaine Saint-Nicolas, et, sans vouloir traiter le sommelier du
Guéridon de fumiste, ce Fiefs Vendéens et mes pigeonneaux

se sont accordés comme larrons en foire. Même chose pour les pétoncles des îles de la Madeleine de Jude qui étaient à tu et à toi avec son Lieu-dit Clavin, Domaine de la Vieille Julienne 2006. Et nos desserts respectifs se sont tellement bien entendus avec cet excellent Muscat du Pays d'Oc doux 2001 Grain d'Automne qu'on n'a pas pu s'empêcher d'en demander une deuxième bouteille. Quand Caroline (ainsi s'appelait notre serveuse) nous a apporté l'addition, je suis allée la régler en prenant soin de la laisser retournée sur le plateau (ce qu'on ne sait pas ne nous fait pas mal). Jude m'a demandé comment j'avais fait pour calculer le pourboire sans connaître le montant de l'addition. « J'en ai donné plus que pas assez… en fait, si je me fie au smile de Caro, j'en ai donné beaucoup plus que pas assez. »

Pour dire les choses franchement, on était ivres morts en sortant du Guéridon. Il ne fallait même pas songer à rentrer à la maison. Juste viser le trou avec la clé de contact me semblait un exploit impossible. On aurait pu marcher une demi-heure en direction de Trois-Rivières Ouest et dénicher quelque motel hideux où on nous aurait hébergés pour une poignée de dollars, mais on tenait à peine debout, alors on a rampé jusqu'au Delta. Les gens n'éprouvent pas une grande affection pour toi quand tu débarques dans leur hôtel en empestant l'alcool et en réclamant la chambre la moins chère (cent trente-deux dollars, quand même !), mais avec tout l'amour qu'on avait reçu dans la journée, on pouvait se passer de celui de la réceptionniste du Delta. Je me suis effondrée sur le lit, laissant à Jude le soin de téléphoner au voisin pour lui demander si cela pourrait être un effet de sa bonté que de rester chez nous jusqu'au lendemain.

30. Ceinture de synchronisation

On s'est levés tout juste avant que la femme de chambre ne vienne nous signifier que notre nuitée arrivait à son terme, on a pris une douche en vitesse et, après un saut rue Notre-Dame pour nous assurer que la voiture était encore là, on est allés prendre un petit-déjeuner au Morgane (pas celui de Notre-Dame, celui au coin de Royale, histoire de nous délier les jambes). On se sentait un peu patraques, mais moins patraques que notre état de la veille le laissait présager. On s'en tirait à bon compte. Après notre café et nos brioches, on était comme neufs. On a pris encore du café pour la route et on est sortis prendre l'air. On a flâné un peu dans les beaux quartiers mais, cette locution ne s'appliquant qu'à une zone d'environ cent mètres carrés à Trois-Rivières, on a aussi flâné dans les quartiers laids. Après nous être butés sur le fleuve, on a rebroussé chemin et on a suivi Sainte-Marguerite jusqu'à la côte de l'hôpital Cooke, qu'on a trouvé le courage de gravir. Cela nous a menés dans les environs de l'université et, sans qu'aucun de nous deux en fasse la proposition, on s'est retrouvés assis au Gambrinus devant deux pintes de noire. Ce n'est pas qu'on en avait réellement envie : on voulait surtout se convaincre nous-mêmes qu'on n'était pas trop lendemain de veille. On s'en est tout de même tenus à une seule pinte.

En sortant du Gambrinus, on a décidé de regagner la voiture par Des Forges, pour changer. C'est alors qu'on est passés devant la vitrine de Gosselin Photo et que la même idée nous est venue en même temps : cela ne se fait pas de partir en voyage sans appareil-photo. Et si cette dernière phrase t'est familière, c'est que là je viens de boucler mon flashback. (Prends quelques secondes pour t'ébaubir de mon impressionnante maîtrise des procédés narratifs.) Je ne l'aurais jamais cru, mais choisir un appareil-photo s'est avéré aussi déroutant que de magasiner pour une voiture. Dans les deux cas on se fait une joie maligne de t'engloutir sous un raz-de-marée de termes techniques, dans le but presque avoué de te faire sentir niaiseux. À peine avions-nous annoncé notre intention de nous porter acquéreurs d'un kodak que le type derrière le comptoir s'est mis à nous jaser de mégapixels, de vitesse d'obturation, d'objectifs, de focales, de profondeur de champ et d'un paquet d'autres affaires. À un moment donné, il s'est interrompu lui-même pour nous demander : « Au fait, voulez-vous aller dans le reflex ou dans le compact ?

– On veut juste prendre des photos. On part en voyage et on voudrait ramener des souvenirs. On a simplement besoin d'un appareil qui va rendre à peu près fidèlement ce qu'on voit quand on va appuyer sur le bouton. On voudrait pas se ruiner non plus. »

Il a eu un petit sursaut de mépris, comme si je venais de lui avouer que je le faisais avec des animaux ou que je lisais du Nora Roberts, mais, en bon marchand, il a rapidement vaincu sa répugnance et s'est mis à nous parler avec animation du Canon Powershot S90, en promotion ces jours-ci. Je crois même qu'il nous a concédé (de justesse) le statut d'êtres humains quand je lui ai agité ma carte de débit sous le nez en lui déclarant qu'on le prenait. On a également acheté un étui pour le transporter et une carte-mémoire de deux giga-octets, qu'on a réussi à remplir sur le trajet jusqu'à l'auto. « Il prend des hostie de belles photos, notre kodak, on s'est pas fait avoir.

– C'est certain. On parle quand même d'images en dix mégapixels…

– Ouais, c'est beaucoup de mégapixels, ça. »

C'est à la hauteur de la sortie Burrill de Shawinigan qu'on a entendu le bruit pour la première fois, un bruit rappelant celui que font les trains des montagnes russes en montant la première côte, genre tak tak tak tak, tu vois ? Puis, ça a cessé momentanément pour reprendre, mais amplifié cette fois, juste avant la sortie Grand-Mère centre-ville. Je voyais bien que la Monte Carlo rushait un peu (j'avais la pédale au plancher et on perdait tout de même de la vitesse), mais j'essayais de ne pas trop m'en faire. On a toujours géré les problèmes comme ça : on les ignore en espérant qu'ils finissent par se régler d'eux-mêmes. Ça fonctionne dans environ deux ou trois pour cent des cas, je dirais. (Comme pour ma dette au ministère de l'Éducation : ils ont fini par arrêter de m'achaler à la longue.) Mais apparemment, les ennuis mécaniques ne font pas partie des problèmes que tu peux avoir à l'usure. On a réussi à se rendre au Irving, à l'orée de la ville, sur notre erre d'aller. « On vous a pas choisi, c'est juste que notre char allait pas plus loin », a dit Jude, pour faire de l'esprit, au monsieur venu nous demander ce qu'il pouvait faire pour nous autres. Pendant que deux de ses sbires poussaient la Monte Carlo à l'intérieur, on lui a expliqué ce qui était arrivé, imitant le bruit avec le plus d'exactitude possible. Il faut croire qu'on a été plutôt bons, car il a énoncé, sur la seule base de notre prestation, un diagnostic provisoire : « Ça doit être la timing belt qui a lâché. » Il a aussi ajouté qu'on n'aurait pas dû continuer à rouler après les premiers tak tak tak, qu'on aurait mieux fait d'appeler une remorqueuse séance tenante. Enfin, il a dit ça dans ses mots. On n'a pas répliqué, on a juste murmuré un « Oui, m'sieur » en regardant le bout de nos souliers.

En attendant que les gens du Irving en arrivent à un diagnostic officiel, on a paqueté nos affaires dans nos valises à roulettes et on les a transportées jusque chez nous. Steve était folle comme un balai de nous revoir. Elle aurait bien voulu nous bouder pour nous punir de l'avoir abandonnée, mais elle n'en avait pas la force. Et elle a complètement passé l'éponge quand on lui a annoncé qu'on l'emmenait se promener. Le voisin, qui jouait à *Splinter Cell* en buvant une bière, a demandé où on repartait si vite. « Au garage. Notre timing belt est brisée.

– C'est juste la timing belt ?

– Euh… on n'est pas certains. On va en savoir plus long tantôt.

– En tout cas, j'espère pour vous autres que c'est juste la timing belt, parce que si la pompe est scrap en plus, ça va vous coûter un bras.

– Ah. »

En route vers le garage, on a fait un petit détour pour laisser le chien s'épivarder sur le terrain de l'hôpital. « Je me demande bien c'est quoi.

– Quoi ?

– Une timing belt.

– Hmm… si je traduis, ça doit être une ceinture de synchronisation.

– Et ça synchronise quoi ?

– Fouille-moi. En tout cas, ça fait chier.

– C'est sûr, mais vois le bon côté des choses : puisque cette timing belt était due pour nous lâcher, aussi bien que ça soit tout de suite que pendant notre voyage.

– C'est vrai.

– Et puis on en profitera pendant que le char est au garage pour faire faire un checkup. Changer l'huile, calibrer les pneus, vérifier si autre chose est à la veille de lâcher, etc. Comme ça, on va pouvoir partir l'esprit en paix.

– J'ai juste peur que ça nous coûte cher. T'sais, on s'est quand même donné un bon élan hier…

– C'est sûr, mais j'avais oublié de te dire : on est plus riches que tu penses. Sébastien trouvait qu'on faisait pitié de partir avec juste six mille piastres, alors il nous en a prêté mille de plus. Il m'a donné ça cash.

– C'est nice de sa part ! Mais euh… t'as laissé traîner un gros motton de fric dans l'appart pendant qu'on n'était pas là ? Je veux pas remettre la probité du voisin en question, mais…

– Non, je l'ai pas laissé chez nous, je le traîne dans ma poche de…

– Quoi ?

– Fuck !

– Ta poche de quoi ?

– Mes jeans…

– Euh… pas ceux que t'as calicés dans le fleuve ? »

31. Erratum

Une timing belt n'est pas une « ceinture de synchronisation », mais une « courroie de transmission ». Bien que d'apparence anodine, il s'agit d'un objet extrêmement rare. En tout cas, j'imagine. Comment expliquer autrement son prix prohibitif ?

32.

Je n'aime pas trop revenir sur ces événements, alors je vais couper au plus court. On était dans le petit parc sur la Dixième Avenue, Jude et moi assis dans les balançoires près du terrain de pétanque, Steve dépensant son surplus d'énergie en courant sans but. Elle a vu un écureuil de l'autre côté de la rue, elle s'est figée une seconde, les oreilles en érection, et elle est partie comme une balle. On a hurlé son nom, mais apparemment son instinct de prédateur avait pris le dessus, elle n'a même pas ralenti. En toute honnêteté, je ne pense pas que le camion roulait beaucoup plus vite que la limite permise. Soixante-dix ou soixante-quinze dans une zone de cinquante, comme tout le monde. Sans doute la simple courtoisie voulait-elle qu'il s'arrête après avoir passé sur notre chien, mais peut-être qu'il n'avait pas le temps, que c'était une question de vie ou de mort, peut-être qu'il transportait un blessé grave ou que sa femme allait accoucher, va savoir. De toute façon, ça ne compte pas pour un délit de fuite quand il s'agit d'un chien.

On est restés figés comme des épais sur nos balançoires pendant une bonne minute avant de nous précipiter vers la rue (même pour les problèmes qui n'ont aucune chance de se régler d'eux-mêmes, on ne peut pas s'empêcher de faire le test). Elle était couchée sur le flanc et respirait à toute vitesse. Ses yeux étaient grand ouverts, mais elle ne semblait pas nous voir. Si le monsieur qui habite en face du parc n'était pas sorti de sa maison et ne nous avait pas aidés à la transporter chez le vétérinaire dans la boîte de son pick-up, il ne fait aucun doute qu'on serait restés là, les bras ballants, jusqu'à ce qu'elle meure. On était dans un état second, horrifiés comme on l'avait rarement été et aussi inefficaces que d'habitude. Quand on a émergé de notre torpeur, on était dans un bureau et une dame en sarrau nous faisait la nomenclature des dommages subis par Steve, des côtes cassées, d'autres fêlées, deux fractures à la patte arrière gauche et une au bassin. « Ça se répare, hein, madame ? (Elle devait avoir cinq ans de moins que moi, mais avec son sarrau et ses diplômes aux murs, le « madame » s'imposait.)

– Oui, on peut l'opérer, et si tout se déroule normalement elle devrait s'en tirer sans séquelles trop sérieuses. Peut-être un léger boitement. Je peux vous laisser quelques minutes pour en discuter entre vous.

– Discuter pourquoi ?

– Eh bien, c'est une opération assez coûteuse.

– Comme ?

– Huit cents dollars, s'il n'y pas de complications. Disons mille avec les taxes et l'hébergement. Ça, c'est sans compter les médicaments.

– Ouais… on n'a pas vraiment le choix. C'est pas comme si on pouvait l'opérer nous-mêmes, hein, madame ? »

Elle a opéré Steve le jour même et l'a gardée quarante-huit heures en observation dans une grande cage qu'elle partageait (il y avait tout de même une grille entre eux) avec un carlin très anxieux qui avait avalé un trousseau de clés. Au début, elle semblait trop dans les vapes pour se rendre compte de notre présence, mais dès la deuxième journée elle tapait de la

queue par terre en entendant nos voix. On allait la réchapper, en
fin de compte. En tout cas, la vétérinaire semblait satisfaite de
son travail. Elle nous a bien recommandé de ne point faire faire
d'exercice intense à notre animal pendant la première semaine,
même pas de promenades, de plutôt mettre une gazette sur le
balcon pour qu'elle fasse ses besoins, de bien nous assurer
qu'elle prenne ses médicaments, etc. De retour à la maison,
on l'a installée sur le coussin qu'on avait acheté pour elle le
jour de son arrivée (et qu'elle avait toujours snobé, mais là elle
était trop faible pour protester), on a perfidement dissimulé
dans sa nourriture une dose des médicaments que les gens de
la clinique venaient de nous vendre à prix d'or, et on l'a laissée
dormir. On avait fait notre bout, à la nature de faire le reste.
C'est seulement à ce moment qu'on a senti la pression retomber
et faire place à une immense lassitude. Jude s'est laissé choir
dans le divan en poussant un grand soupir en forme de juron.
Je suis allée à la cuisine nous chercher des bières, mais on
n'en avait plus une seule. Je suis demeurée quelques instants
devant le frigo à me demander si j'avais le courage de sortir en
acheter. Puis je me suis souvenue qu'on allait bientôt manquer
de papier-cul, que j'allais être prise pour sortir de toute façon,
alors aussi bien donner un coup tout de suite. Rendue chez M,
j'ai réalisé que j'étais affamée (on n'avait pas trop mangé ces
derniers jours). En sus de la vingt-quatre et du papier-cul, j'ai
donc pris un tas de cochonneries, des Party Mix, du pop-corn, du
jerky, des Ficello, etc. J'ai tendu la carte à la caissière. « Oups !
Ça marche pas…

– Qu'est-ce qui marche pas ?

– Ça dit : « Fonds insuffisants. »

– Non, c'est impossible, essaie une autre fois.

– Hmm… non, ça dit encore la même chose.

– Euh… bon, j'ai peut-être du liquide. »

Il y avait quelques dizaines de dollars dans mon portefeuille. J'arrivais un peu à court, alors il a fallu que je laisse tomber le papier-cul. De retour à la maison, je nous ai préparé un snack et nous ai ouvert des bières. On a bu et on a mangé en silence. À nos pieds, Steve dormait d'un sommeil de plomb, assommée par les antidouleurs. À un moment donné, elle s'est réveillée et Jude en a profité pour lui faire un sermon : « J'espère que te voilà dégoûtée de la chasse aux écureuils pour un bout de temps, grosse nounoune ! En tout cas, si jamais tu refais une niaiserie de même, je sais pas ce qu'on va te faire… » Elle a écouté le speech de Jude jusqu'au bout, plus par politesse qu'autre chose, puis sa tête est retombée et elle s'est rendormie. La menace passait manifestement dans le beurre, elle ne semblait pas s'inquiéter outre mesure de ce qu'on pouvait lui faire. Je pense qu'elle commence à nous connaître : elle sait qu'on ne fera jamais rien.